U0044581

普魯斯特的個人書房
Monsieur Proust's Library

解開《追憶逝水年華》的創作密碼

普魯斯特創造了一個巨大交織的宇宙,令人無法輕易窺其全貌,
所幸其中散見星系,普魯斯特自己也活在這個複雜文學世界中。

作者◎安卡・穆斯坦 Anka Muhlstein
譯者◎鄧伯宸

普魯斯特的個人書房

【目錄】本書總頁數共 224 頁

※本書中標註①，②...為頁末附註編碼；❶，❷...
　為全書註釋編碼。

人物一覽

　　《追憶逝水年華》（*À la recherche du temps per-du*）英譯 *In Search of Lost Time*，是一部分為七卷的小說，分別是《在斯萬家那邊》（*Swann's Way*）、《在少女花影下》（*Within a Budding Gro-ve*）《蓋爾芒特家那邊》（*The Guermantes Way*）、《索多瑪和蛾摩拉》（*Sodom and Gomorrah*）、《女囚》（*The Captive*）、《失蹤的阿爾貝蒂娜》（*The Fugitive*）及《尋回的時光》（*Time Re-gained*）。在本書中，談到這整部小說時，我會直稱「小說」，也可能簡稱《追憶》。

　　在各頁附註中，卷及頁的數碼以羅馬字表示者，指的是人人文庫（Everyman's Library）四卷英文版。斜體字的註指的則是 Robert Laffont 一九八七年出版的三卷法文版。

本書涉及《追憶逝水年華》中的許多人物，其中有些或許不為讀者所熟悉。下列簡介可能有助於對他們的認識：

敘述者（Narrator），姓氏不詳，在小說中，有人稱他馬塞爾（Marcel），但也僅有兩次。在本書中，提到馬塞爾，指的是敘述者，若是「普魯斯特」，則是指作者。

敘述者的家人，包括母親、父親、祖父、祖母、姑姑蕾奧妮耶（Léonie，終身殘障，與敘事者一家人同住在小鎮貢布雷〔Combray〕）、兩位姨婆（外祖母的姊妹），以及家中的廚娘弗朗索瓦絲（Françoise）。

蓋爾芒特家人，貴族世家的縮影，包括蓋爾芒特公爵巴桑（Basin, the Duke de Guermantes）、公爵夫人奧麗安娜（Oriane, the Duchess de Guermantes）、

公爵兄弟夏呂斯男爵帕拉墨得（Palamède, Baron de Charlus）、公爵堂兄蓋爾芒特親王（Prince de Guermantes, the Duke's cousin）、公爵伯母維爾巴里西斯夫人（Mme de Villeparisis）及公爵侄兒羅貝爾·聖盧侯爵（Robert, Marquis de Saint-Loup）。

阿爾貝蒂娜·西蒙納（Albertine Simonet），敘事者在諾曼第避暑勝地巴爾貝克（Balbec）愛上的年輕女孩。後來兩人在巴黎同居。但他的佔有慾與妒嫉心使得她最後離開他。

貝戈特（Bergotte），知名作家，為小說中三大藝術家之一，另兩位是畫家埃爾斯蒂爾（Elstir）及作曲家凡德伊（Vinteuil）。

尼西姆·貝納爾（Nissim Bernard），成功的猶太商人，阿貝特·布洛克（Albert Bloch）的伯父。普魯斯特筆下一個出櫃的男同志，老不修，甚

迷年輕男人。

布洛克，敘事者的同學，談起文學的看法，非常主觀而且態度惡劣。

布里索（Brichot），索邦大學（University of the Sorbonne）教授，是個拘泥於語源學的學究。

夏呂斯男爵，蓋爾芒特公爵的弟弟，才華洋溢，特立獨行，隨著小說的進行，同性戀曝光。

弗朗索瓦絲，蕾奧妮耶姑姑去世後，隨敘述者家人遷往巴黎，成為敘述者愛管閒事的管家。

絮比安（Jupien），背心裁縫師傅，對夏呂斯男爵死心塌地，竭盡所能滿足他的奇想，最後放棄自己的生意，在男爵的資助下，開了一家男妓院。

列格盎丹（Legrandin），鄉下的一個鄰居，激進，博學，自命不凡。

查理・莫瑞爾（Charles Morel），極有天賦的小提琴手，但為人懦弱且自甘墮落，儘管頗得女性青睞，卻甘願委身接受夏呂斯男爵的保護。在維爾巴里西斯夫人辦的一場小提琴演奏會後，跟夏呂斯斷絕關係。

諾爾波亞侯爵（Marquis de Norpois），退休大使，敘述者父親的朋友，維爾巴里西斯夫人的情夫。

羅貝爾・聖盧侯爵，敘述者最要好的朋友，愛上猶太女演員拉榭爾（Rachel），但最後與希爾貝特・斯萬（Gilberte Swann）結婚。

夏爾・斯萬（Charles Swann），猶太股票經紀人之子，為敘述者家世交，亦為鄉下鄰居，與蓋

爾芒特家也相熟。高段業餘藝術鑑賞家，文學、繪畫及音樂修養深厚，眾所公認。妻子奧黛特．德．克雷西（Odette de Crécy）名聲不好，兩人經過長久戀愛，歷經紛擾成婚，生有一女希爾貝特。

佛格貝男爵（Vaugoubert），一名大使，駐節虛構的西奧多賽（Théodose）王國。

維爾度昂先生及夫人（M. and Mme Verdurin），藝術沙龍主持人。「老闆」維爾度昂夫人鐵腕經營，凡是她認為特立獨行的，便毫不留情地予以排除。這些人以搞藝術為名，遂行社會野心為實。

凡德伊，天才作曲家，但隱姓埋名於貢布雷，默默無聞，連鄰居及朋友都不知道他的才華。女兒是同性戀，名叫莫莉．凡德伊（Mlle Vinteuil）。

引言

　　無論是傳統的追隨者或背叛者，無論其為古文學家或新文學家，身為作家而不善於讀書者，幾稀。普魯斯特當然也不例外。讀書之於他，既是最早也是最重要的樂趣和激勵，而且終生不改。但相較於其他作家，文學在他作品中所扮演的角色，其巨大卻是無人能及。

　　講到普魯斯特，**如果要他手邊沒有一本書，卻想叫他創造出一個人物來，看來還真不是件容易的事。在他想像出來的那個世界，人物總共有兩百多個，但坐鎮其間的作家卻也多達六十個左右。**其中某些人，譬如夏多布里昂（Chateaubriand）及波特萊爾（Baudelaire），可以說是他的靈感來源，至於其他，譬如塞維涅夫人（Mme de Sévigné）、拉辛（Racine）、聖西門（Saint-Simon）

及巴爾札克（Balzac），則都成了他小說中的角色。最後，由於他對自己喜愛的作家浸淫至深，光是這些作家所創造的人物，在他的小說中就佔有極重的地位。正因為如此，拉辛的菲德爾（Phèdre）在敘述者（Narrator）的一生中固然是分量極重，但如果把巴爾札克的佛特翰（Vautrin）從小說中抽掉，夏呂斯（Charlus）也就不成其為夏呂斯了。

像《追憶逝水年華》這樣複雜的小說，無論有多少讀者，每個人看它一定都有自己的角度。至於我選擇的門道，則是去翻尋它的下層土壤，於其中一窺普魯斯特豐富的多樣性，包括他與文學的因緣、對經典的熱愛、對當代作家的好奇，以及他把別人的句子天衣無縫移植到自己筆下人物口中的那套本領。

只要談到普魯斯特，朋友都說他無所不讀，而且過目不忘。像他這樣的淵博，若真要寫一本書來介紹，其篇幅之大恐怕不會下於《追憶

逝水年華》本身。所以就我縮小了焦點。首先，
我處理那些使他從一個小男孩轉成一個嗜書如
命的讀者，並得以跳脫狹隘童稚世界的讀物；
其次，我處理的是波特萊爾與拉斯金（Ruskin）
對《追憶逝水年華》的重大影響，這些隱藏的、
幾乎深藏不露的影響往往都為人所忽略了。第
三，我的重點則是拉辛與巴爾札克。前者的悲
劇與後者的小說，普魯斯特全都讀得精到熟透，
因此，他們筆下為人所熟悉的人物或措辭，有
時候會出其不意地出現在普魯斯特的字裡行間，
往往讓人困惑不已。

第 *1* 部

◆

第一印象與終生影響
First Impressions and Lasting Influences

普魯斯特愛讀書，但是怎麼讀的呢？小時候，他和一般人一樣，無非是讀故事，讀人物罷了。但即便是在稚齡，對他來說，讀書已經是一件極為嚴肅的事，一想到大人把讀書看成消遣，他就覺得老大不痛快。在《讀書歲月》（*Days of Reading*）中，他回憶道：「嬸婆對我說：『你怎麼可以拿一本書來消遣自己呢；書可不是禮拜天，這你是知道的！』說『消遣』，意思就是幼稚，是浪費時間。」①對小普魯斯特來說，讀書絕不好玩，反而是一種磨難。每讀一本書，他都以淚眼收場，無法入睡，想到要和已經熟稔的角色告別，總不免落落寡歡，

① Marcel Proust, *Days of Reading* (New York: Penguin Books, 2008), 77-78. Not in the Actes Sud edition of *Sur la Lecture*. Proust repeats this passage in *Swann's Way*. *"Comment tu t'amuses encore à lire, ce n'est pourtant pas dimanche"* en donnant au mot *amusement* le sens *d'enfantillage et de perte de temps*. Proust, *À la recherche du temps perdu* (Paris: Robert Laffont/Quid, 1987), *1: 100* (hereafter cited by italicized volume and page number alone).

「那些讓人渴慕或悲泣的人，從此再無音訊⋯⋯不禁令人興起書何有盡之歎。」②

　　在他那個時代，並沒有專為小讀者寫的作品，小孩子所讀的也都是知名作家，一般來說，都是附有插畫的節略本。以普魯斯特來說，在書的選擇上，祖母及母親都給了他相當多的自由，《追憶逝水年華》一書中，這樣的家庭特色也反映在小說中那個虛構的家庭裡。小說裡，敘述者的祖母就深信，「和糖果糕餅一樣，用消遣的態度讀書是有害的，她壓根兒沒想過，天才的呼吸太過於強烈，對孩子的心靈來說，當下的影響不見得能夠帶來啟發，反而可能有害，還不如新鮮的空氣和海風，對他的身體來得好些。」③小說裡，一天晚上，小男孩心情不

───────────────

② Proust, *Days of Reading*, 63. *Ces gens pour qui on avait haleté ou sangloté on ne saurait plus rien d'eux.... On aurait tant voulu que livre continuât.* Proust, *Sur la Lecture*（Paris: Actes Sud, 1988）, 24-25.

好，母親勉強答應在他房裡過夜，但他還是焦慮得無法入睡，母親便為他讀喬治・桑（George Sand）的《棄兒弗朗沙》（*François le Champi*）。但她居然會挑上這樣一本書，還真是怪異。

故事講的是一個棄兒，稚齡時由一個嫁給磨坊主人的好婦人瑪德萊娜（Madeleine）收養。等到長大了，男孩出外工作，回來後卻跟守寡的母親結縭，就這樣，一片孝親之情變成了閨房之樂。讀這書時，儘管母親把愛情的場景都略了過去，卻還是無助於普魯斯特對情節的瞭解，倒是其間的不倫卻讓他覺得有趣。後來，普魯斯特評論到喬治・桑時，雖覺得她不過爾爾，作品水準趕不上同時代的許多作家，但對

---

③ Proust, *In Search of Lost Time*（New York: Everymans' Library, Random House, 2001），1: 40（hereafter cited by volume and page number alone）. *Les lectures futiles〔étaient〕aussi malsaines que les bonbons et les pâtisseries, elle ne pensait pas que les grands souffles du génie eussent sur l'esprit même d'un enfant une influence plus dangereuse et moins vivifiante que sur son corps le grand air et le vent du large. I: 53.*

小普魯斯特來說，這種啟蒙閱讀所產生的第一印象卻無比深刻，無論讀的是哪一本書，似乎就此便和作家合成了一體。但話又說回來，這中間還是有不同的地方；譬如說，在《追憶》一書裡，敘述者長大後就跳脫了戀母情結，和一堆女孩大談戀愛，至於普魯斯特呢，終其一生卻還是依戀母親。他之所以會用這樣一則近乎不倫的故事來描繪他幼年偶像的感情世界，或許正是這種依戀之情作祟吧。

小說結束時，在蓋爾芒特親王（Prince de Guermantes）的書房裡，敘述者不經意地在書架上看到一本《棄兒弗朗沙》，就那麼一眼掃過，便勾起了當年的回憶：「那個當時還是孩子的我，因為這本書，又在我的心裡活了過來，由於我對自己的認識，僅止於這孩子，一看到這本書，便立刻想到他，只想再看一眼他的眼睛，再愛一次他的心，再對他講一回話。在貢布雷（Combray），母親曾大聲為我朗讀這書，直至

凌晨，為我留住夜魅……貢布雷多年不曾入夢的如煙往事，翩然魚貫而來，記憶如鏈，若即若離，遊移於帶有磁力的筆尖……（重溫）那一日園中天氣的印象、那時在心中打造的夢想，以及對來日的苦悶。」④在童年讀過的書裡面，普魯斯特在《追憶》中唯一提到的作家就只有喬治‧桑，但在給母親及祖母的家書中，他引述的作家卻極多，這在他決定不出版的第一本小說《尚‧桑德伊》（*Jean Santeuil*）中也是一樣。

---

④ 4: 453-55. C'était l'enfant que j'étais alors, que le livre venait de susciter en moi, car de moi ne connaissant que cet enfant, c'est cet enfant que le livre avait appelé tout de suite, ne voulant être regardé que par ses yeux, aimé que par son coeur et ne parler qu'à lui. Aussi ce livre que ma mère m'avait lu à haute voix à Combray presque jusqu'au matin avait-il gardé pour moi tout le charme de cette nuit-la... Mille riens de Combray, et que je n'apercevais plus depuis longtemps, sautaient legerement d'eux-mêmes et venaîent a la queue-leu leu se suspendre au bec aimante, en une chaine interminable et tremblante de souvenirs〔et recréait〕la même impression du temps qu'il faisait dans le jardin, les mêmes rêves〔que je formais〕alors sur les pays et sur la vie, la même angoisse du lendemain. 3: 716.

熱愛閱讀的少年普魯斯特，就和許多孩子一樣，也愛死了泰奧菲爾・戈蒂耶（Théophile Gautier，譯註：法國詩人、小說家、戲劇家及藝評家，1811-1872）的《佛拉卡薩船長》（*Capitaine Fracasse*），典型十七世紀路易十八統治下的陰謀間諜故事。他喜歡這故事的節奏、對話，以及提到莎士比亞時，說他是「知名英國詩人」的風趣，還有就是作者的公然介入故事，因為如同他在《尚・桑德伊》中所說：「對一個作家一旦生出了愛慕，作家本身也就成了萬事通，無論什麼事都可以找他商量。」❶在《追憶》中，普魯斯特就常常插入作者的評論，這可是大家都知道的。家庭的另一個最愛則是大仲馬（Alexandre Dumas）。普魯斯特常常在給母親及弟弟的信中引述他的句子，而且讀他娛己，終生不改。至於為什麼要讀大仲馬？他說：「我喜歡的小說，沒有風花雪月，沒有無病呻吟，有的只是此起彼落的決鬥、警探、國王和王后，風趣幽

默,還有,就是頭腦簡單的人最先出局。」⑤至於大仲馬的另一本小說《阿爾蒙塔》（Harmental），卻令他感到可惜,「一本到頭來應該充滿刺激、勝利與美食的小說」,卻因為情節中的某些扭曲與轉折而「矛盾重重,讀之令人扼腕」。⑥

　　儘管還是個孩子,由於受到祖母的鼓勵,普魯斯特讀起書來,用心至深。他寫信給祖母,說他讀巴爾札克的《尤金妮·葛蘭岱》（Eugénie Grandet）,深得其中的哀愁與美麗,同一封信裡,又旁徵博引高乃依（Corneille）、拉辛（Racine）及莫里哀（Molière）,不無炫耀自己熟讀經

---

⑤ My translation. *J'aime〔les romans〕où il n'y a pas d'amour, ni de passions sombres, surtout des coups d'épée, de la police à la Chicot, de la royauté, de la bonne humeur et de la victoire des Innocents.* Proust, *Lettres à Reynaldo Hahn*, （Paris: Gallimard, 1956）, 61.

⑥ My translation. *des conflits douloureux dans un roman où je n'aurais voulu que de la curiosité heureuse, du triomphe et de la gourmandise.* Ibid., 114.

典之意，以一個十來歲的少年來說，這還真是不尋常。後來寫《追憶》的時候，旁徵博引之不足，甚至不惜曲意變造，技巧更臻化境。另有一次，他模仿荷馬的手法，為他所提到的那些不朽的男神及女神加上封號，譬如柏拉圖，用的是火眼，阿提密絲（Artemis），用的是玉膚（多年後，在他的小說裡，他又把這個封號給了迂腐的學究布洛克〔Bloch〕）。在《追憶》中，普魯斯特回憶說，每要步行前往梅塞格里茲（Méséglise）時，他都會先讀一位鑽研中世紀的史學家奧古斯丁·提耶里（Augustin Thierry）的作品。在現實生活中，他則一再提醒母親，早先在伊里耶（Illiers）的日子真是無比幸福。正是這個諾曼第的小鎮，他後來把它改造成了小說裡的貢布雷。也正是他和家人常去那兒度假的那一年，他迷上了奧古斯丁·提耶里。提耶里深受浪漫派影響，追述歷史的手法很能吸引年輕讀者。普魯斯特筆下的貢布雷，其實就是在

追憶這些他讀過的東西；貢布雷的過去，更正確一點來說，貢布雷的中世紀，於童年時期的敘述者來說，可說是再鮮明生動不過。原因之一是家人為了安撫他的焦慮，特別為他的床頭燈裝設了一盞魔燈，只要燈一打亮，莫洛溫（Merovingian，譯註：西元四八一年建立的法國王朝）公主吉妮薇芙（Genevieve de Brabant，譯註：法國中世紀傳說的女主角）便躍然於房間的牆壁上，令他心往神馳不已❷。另外還有一個原因，則是每做彌撒時，教堂彩色玻璃窗上的彩繪，描繪的都是吉妮薇芙後代的種種，栩栩如生，也令他目為之眩，神為之迷。他深愛這個沉浸在中世紀氛圍裡的小鎮，即便是農民和工匠的言談舉止，他也都用心留意，從其中領略他們對過往世代的敬重，品味那「完好如初、口耳相傳、扭曲變形、莫可名狀卻又生機蓬勃的」⑦

---

⑦ I: 149. *une tradition ininterrompue, orale, déformée, méconnaissable et vivante. I: 139.*

傳統。童年時期，他第一次看見嬸嬸的廚娘弗朗索瓦絲（Françoise），「站在煙囪罩的雪棚下，有如僵脆的棉花糖」，還以為自己看見的是神龕中的聖像」⑧。等到認識她多些了，才知道她還真是活在遙遠的過去，「在廚房裡侃侃而談聖路易斯（〔Saint Louis〕一二七〇年逝於第二次十字軍東征途中），彷彿認識他似的，但通常都是在發牢騷，其實是拿來做對比，以突顯我祖父母對她的『虐待』。」⑨當敘述者來到貢布雷，地方上的神父告訴他，蓋爾芒特公爵夫婦的直系親屬，包括貢布雷歷任修道院長及蓋爾芒特歷任君王全都葬在村內的教堂時，往昔與現在之間的關聯也就變得更明確而具體了。

---

⑧ I: 53. *sous les tuyaux d'un bonnet éblouissant, raide et fragile comme s'il avait été de sucre filé ... comme une statue de sainte dans sa niche. I: 63.*

⑨ I: 148. *Françoise à la cuisine parlait volontiers de Saint Louis, comme si elle l'avait personnellement connu, et généralement pour faire honte par la comparaison à mes grands-parents moins " justes". I: 139.*

敘述者童年所喜歡的書跟普魯斯特的如出一轍，這當然不令人意外。也正因為如此，讀者才會把作者和書中的人物視為同一人。儘管普魯斯特一再說，《追憶》絕非自傳性的，讀者千萬不可把他跟書裡面的「我」混為一談。但不管怎麼說，就文學和藝術的角度來說，二者顯然是重疊的。

同樣地，在我前面提到的蓋爾芒特親王的書房那一段，他看到親王那些美麗的書籍封面，愛不釋手，恨不得自己也是個藏書家，心想，「在我的心目中，作品的第一版，其可貴勝過其他一切，但就這一點來說，對於自己最初讀過的版本，固然已經了然於胸，卻也應當把它們翻出來，亦即那些把一本書的第一印象給了我的最初版本，因為，後來的印象畢竟不再是原來的。以小說為例，我就會回到剛開始接觸小說，動輒聽到老爸叫我『坐端正』的那個時期，去收集舊版本的封面。」⑩

念小學時，普魯斯特對當代及外國文學的涉獵就比他大部分的朋友多。可能的原因之一是，罹患氣喘使得他常常缺課，反而給了他較多的時間閱讀，另外則是他對數學完全沒有興趣（數學老師在成績單上的評語是：「一片空白」）。他喜愛的科目是博物、歷史，當然，還有文學。等進了中級部（seconde，相當於十年級）時，他已經能夠領略安納托爾・法朗士（Anatole France）和皮埃爾・洛蒂（Pierre Loti）的諷刺、懷疑，以及用最純粹法文寫出來的辛辣小說，後者的風格尤其煽情並訴諸感官；同時，他也熟悉了史蒂芬・馬拉美（Stéphane Mallarmé）

---

⑩ 4: 456. *La première édition d'un ouvrage m'eût été plus précieuse que les autres, mais j'aurais entendu par elle l'édition où je le lus pour la première fois. Je recherchais les éditions originales, je veux dire celles où j'eus de ce livre une impression originale. Car les impressions suivantes ne le sont plus. Je collectionnerais pour les romans les reliures d'autrefois, celles du temps où je lus mes premiers romans et qui entendaient Papa me dire "Tiens-toi droit". 3:718.*

的晦澀詩，並熟記勒貢特・德・列爾（Leconte de Lisle），對後者的超然、精確及旁徵博引尤為推崇。此外，他又大量閱讀杜斯妥也夫斯基、托爾斯泰及喬治・艾略特（George Eliot）的小說。

年歲稍長，他愈來愈講求文體之美，開始閱讀舊世代的大師，特別是拉辛及聖西門（Saint-Simon），不僅領略他們作品中的理性與感性，同時也師法他們的詞藻運用：「像波恩（Beaune）這樣的城市，有保存完好的十五世紀醫院，漫步其間自有一種樂趣，彷彿重遊拉辛的悲劇或聖西門的卷冊。」⑪十七世紀的用詞遣字喚回了已經消失的思維方式及習慣，乃至逝去歲月如詩般的魅力。當然，這種懷舊之情並非他熱愛古典文學的唯一因素，甚至也不是最重要的。

---

⑪ Proust, *Days of Reading*, 50. *Un peu du bonheur qu'on éprouve à se promener dans une ville comme Beaune qui garde intact son hôpital du XVème siècle〔on le ressent encore〕à errer au milieu d'une tragédie de Racine ou d'un volume de Saint-Simon.* Proust, *Sur la Lecture*, 50-51.

拉辛對愛及嫉妒的分析，他固然佩服得五體投地，但早在這之前，在聖西門公爵（Duke de Saint-Simon）暢談路易十四宮廷劇之前，受到一本才華洋溢的傳記的影響，他就已經發心要向大師們學習，吸收他們的獨創風格。句子精雕細琢，令人眼花撩亂，他將之比做植物開花後的嫩芽，從聖西門這種獨有的風格，他就懂得了讓讀者感到出其不意的重要性。和那位傳記作家一樣，表達自己的想法與感受根本不是問題，這方面他一點都不擔心。但和聖西門一樣，普魯斯特在乎的是，要講的東西太多，能用的時間卻太少；聖西門窩在斗室裡振筆疾書，每每工作至凌晨（白天則在凡爾賽用心觀察所見所聞），晚年的普魯斯特亦然，總要在床上寫至天明，為了完成自己的小說，兩個人都是把老命給豁出去了。「身不由己，我是被自己的題材牽著走的。」聖西門如此寫道，普魯斯特也有同感。他說，由於有太多的東西要講，思潮

有如「排山倒海」，迎面襲來⑫。就聖西門來說，這種急迫感導致強烈的對立、大膽的類比，或層層堆疊的對比意象；就普魯斯特而言，其結果則是無止境的變形、迂迴及反轉。聖西門心裡明白，自己經常違反習慣法則，但卻一點都不放在心上，反而得意地宣稱：我根本沒把學院放在眼裡。❸為了達到更強烈的表達效果，視文法如無物，同樣也見於拉辛；寫到拉辛打破公認的正確用法，大膽省略用字，普魯斯特的仰慕之情溢於言表。他舉了一個例子，取材自《昂朵馬格》（*Andromaque*）：荷蜜歐妮（Hermione）遭到皮洛士（Pyrrhus）嘲弄，懷恨在心，便要奧瑞斯特（Oreste）去把他給做掉。儘管她馬上後悔，想要阻止但已經來不及，奧瑞斯特跑來告訴她，皮汝斯死了。為什麼？荷蜜歐妮

⑫ My translation. *Cela se presse comme des flots*, quoted by Jean Mouton, *Le Style de Marcel Proust*（Proust: Éditions Corréa, 1948），61.

怒不可遏：

Pourquoi l'assassiner? Qu'a-t-il fait? A quel titre? Qui te l'a dit?

（為什麼殺他？他犯了什麼？憑什麼？誰告訴你的？
誰叫你去做的？）

　　這裡要注意的是，法國人嚴格要求的語法
與句法規則，昂朵馬格全都沒有遵守，儘管如
此，荷蜜歐妮的絕望叫喊並未因不合文法而失
去其震撼效果。對於任何受過法國中等教育的
人來說，習慣了亞歷山大律詩（Alexandrine ver-
ses，譯註：抑揚格六音步詩行，亦即每行含六音步或
十二音節抑揚格，三音步後有一停頓）一絲不苟的節
奏，無論講話或語氣，若都零零落落，難免會
令人吃驚。按照一般情況，一開始大家都會先
問他做了什麼，然後是為什麼要殺他，再來是

誰要你去殺的，最後則是憑什麼叫你去殺。但話又說回來，拉辛筆下，荷蜜歐妮的話語儘管甘冒大不韙，把不該省略的省掉了，文法不該錯的錯了，但對涉獵過法國經典而又夠敏銳的讀者來說，其力量反倒更為強大，唯其如此，才足以顯示荷蜜歐妮的徹底絕望，連理性都為之蕩然了。荷蜜歐妮的最後一個問題：Qui te l'a dit? 甚至翻成英文後 Who told you? 也一樣模稜兩可，她到底是說：誰告訴你的，還是說：誰叫你去做的？

當然，對於這種強而有力的變形，普魯斯特和拉辛都樂此不疲。拉辛明白，唯一保護語言文字的方法就是攻擊它，善用它變化多端的本質。這一點，普魯斯特深得箇中三昧，他這樣寫道：「拉辛最有名的文句之所以膾炙人口，在於它們賞心悅目，朗朗上口，用語大膽，巍巍然有如一橋，護翼秀麗兩岸。」⑬他寫信給好友史特勞斯夫人（Mme Straus）說，他深信，時

至今日，能夠容許這樣大開大闔的編輯已經成為絕響。❹這一類的教益普魯斯特始終牢記在心。早在學童時期，一位他深為敬愛的老師，十分看重真正的原創，受到老師的鼓勵，他便已經開始培養一種全然原創的風格。

普魯斯特很早就相信，要養成自己的聲音與風格，唯有透過自己的內在現實（réalité intérieure）才能達成。受到聖西門與拉辛的啟發，他斬釘截鐵地說：「一如每個小提琴家必須創造自己的『調子』，每個作家都必須創造自己的語言。如果說有一種法國語文，大家都寫它、用它，都說要好好保護它，卻又把它看成身外之物，這豈不荒謬。」⑭

---

⑬ My translation. *Les plus célèbres vers de Racine le sont en réalité parce qu'ils charment ainsi par quelque audace familiére de langage jeté comme un pont hardi entre deux rives de douceur. Sésame et les Lys*, quoted by René de Chantal, *Marcel Proust, critique littéraire*（Montréal: Presses de l'Université de Montréal, 1967）, I: 354.

普魯斯特讀書，簡直就像個文字學家，別人的作品，不論喜歡與否，其風格與技巧他都會不斷地加以分析，這種在學校裡養成的習慣，即便到後來已經全心投入寫作，他仍始終未曾放棄。由於模仿別人太容易，一旦對一個作家的風格產生了孺慕之情，這中間的牽扯也就難免。又因為他的耳朵——他稱之為他的內在節拍器——對語言的節奏相當敏感，他總覺得自己特別容易受別人影響。他曾經跟一個朋友說，一旦領會了調子，字句也就跟著冒了出來。他之所以仿作，用他自己的話來說，就是要淨化自己，唯其如此，才能把巴爾札克或福樓拜（Flaubert）的節奏以及他們的特質從他自己的體

---

⑭ Proust, *Letters of Marcel Proust*, trans. Mina Curtiss（New York: Helen Marx Books, 2006）, 216. *Chaque écrivain est obligé de faire sa langue, comme chaque violoniste est obligé de faire son "son". Cette idée qu'il y une langue française, existant en dehors des écrivains, et qu'on protège est inouïe.* Proust, *Lettres*（Paris: Éditions Plon, 2004）, 461.

內清除掉。這類仿作，有許多他都分別出版過。但話又說回來，他筆下的人物，只要一開尊口，立刻就會讓人想起某個知名作家的習慣，這種情形他還是容許的。譬如說，勒格朗丹（M. Legrandin），敘述者那個自命不凡到有些病態的鄉下鄰居，言談之講究就頗得安納托·法朗士之風，而法朗士的行文風格，普魯斯特則把它給了《追憶》中虛構的作家貝戈特（Bergotte）。另外，寫到敘述者和希爾貝特·斯萬（Gilberte Swann）待在鄉下整理最新的卷冊時，他連龔固爾兄弟（譯註：Edmond de Goncourt〔1822-96〕與Jules de Goncourt〔1830-70〕，法國自然主義作家）都搬進了小說，模仿他們的日記，大肆搞笑。

普魯斯特認為，身為作家，要敢於打破句法才稱得上原創，但文字的精確意義卻也必須嚴格遵守。他承認，城市的名字如帕爾瑪（Parma）或佛羅倫斯（Florence），其於想像力之刺激上超越了地理的現實。就敘述者來說，住在帕

瑪，就是要住一間「簡潔、平實、溫馨、紫色的」⑮屋子，但這樣的想法完全無關乎現實，而是讀了斯湯達爾（Stendhal）的《帕爾瑪修道院》（*Charterhouse of Parma*），以及對紫色之嚮往所致。但文字儘管平凡，用起來卻必須力求精確。「文字所呈現的，是一小幅圖畫，清楚而熟悉，就像是掛在教室牆上的圖畫，舉凡木匠做的一條長凳、一隻鳥兒、一個蟻丘，目的無非在於代表同類的東西，都要能夠明明白白告訴孩子們知道。」⑯這一方面，他最推崇維克多·雨果（Victor Hugo）。談到文字的運用，雨果最經得起考驗：他能夠「把文字的血緣直追源頭，引經據典，足見其博學……**一個作家若要成其大，**

⑮ 1: 378. *Lisse, compacte, mauve et douce. 1: 320.*

⑯ 1: 378. *Les mots nous présentent des choses une petite image claire et usuelle comme celles que l'on suspend aux murs des écoles pour donner aux enfants l'exemple de ce qu'est un établi, un oiseau, une fourmilière, choses conçues comme pareilles à toutes celles d'une même sorte. 1: 320.*

用字遣詞的學問定要淵博，即便是一個字，也要
能夠貫古通今，遍知所有偉大作家的用法。」⑰

對於風格，普魯斯特固然是全神貫注，但
說到回憶，特別是不請自來的回憶所形成的氛
圍，以及其在藝術創作上所具有的潛在分量，
更是令他往復低迴。作家之中有三個人，夏多
布 里 昂（François de Chateaubriand）、傑 拉 爾 ·
德 · 奈瓦爾（Gérard de Nerval）及波特萊爾（Ba-
udelaire），就都令他沉迷不已。夏多布里昂是經
歷過革命、拿破崙時期及君主復辟的一代；兩
位詩人，奈瓦爾和波特萊爾，則出生於十九世
紀初。夏多布里昂最出名的就是他的回憶錄，
死後才問世，故名《墓中回憶》（*Memoirs from*

---

⑰ Adriana Hunter's translation. *en établir la filiation, jusqu'à
l'origine, par des citations qui prouvaient une véritable érud-
ition ... Un grand écrivain doit savoir à fond son dictionnaire
et pouvoir suivre un mot à travers les âges chez tous les grands
écrivains qui l'ont employé.* Proust, *Pastiches et mélanges*, in
Contre Sainte-Beuve（Paris: Gallimard, 1971）, 184 and
806.

Beyond the Grave）。在寫作方法上，這些前輩雖然沒有啟發過普魯斯特，但卻讓他——或更精確地說是敘述者——確信自己的路子是走對了。《追憶》當中最為人稱道的，無疑首推瑪德蓮蛋糕（madeleine）那一段，敘述者敘述了小蛋糕蘸熱茶的味道突然從遙遠的記憶中浮現，喚起了童年的回憶。夏多布里昂雖然也用這種技巧，但喚醒不請自來的記憶，他用的是聲音。普魯斯特就坦承，在寫作《追憶》的過程中，多虧有這位前輩，使他在關鍵處有所改進：「在一部法國文學鉅著中……《墓中回憶》……有一種和瑪德蓮蛋糕味道相同的感覺升起。」⑱他還引述了那一段文字：「昨天黃昏，獨自散步……一棵白樺樹的最高枝上，高踞一隻畫眉，婉轉鳴啼，引動了我的思緒。一時間，那神奇

---

⑱ 4: 488-89. *N'est-ce-pas à mes sensations du genre de celle de la Madeleine qu'est suspendue la plus belle partie des Mémoires d'outre-tombe? 3: 744.*

的聲音把父親的莊園拉回到我眼前⋯⋯鄉村景色歷歷在目，其間總有畫眉啼唱。」❺接下去，敘述者又引述了奈瓦爾與波特萊爾，只因為他們也曾琢磨過這種因瞬間感覺而驀然襲來的記憶，並不無得意地承認，自己能夠「躋身高貴血緣之列，並因此使自己充滿信心，在創作上不再瞻前顧後，為此而不得不受的一切苦痛也都值得了。」⑲

　　至於波特萊爾的影響，或許換個方式才能看出端倪，但這卻不令人驚訝。在他喜歡的十九世紀詩人中——另外幾個是亞爾弗雷・德・維尼（Alfred de Vigny）、奈瓦爾及雨果——波特萊爾是普魯斯特讀得最用心的一個。在一次划船競賽中，普魯斯特認識了福圖爾夫人（Mme Fortoul），一位頗有文學品味的女士，在普魯斯

⑲ 4: 489. *Dans une filiation aussi noble, et me donner par là l'assurance que l'oeuvre que je n'aurais plus aucune hésitation à entreprendre méritait l'effort que j'allais lui consacrer. 3: 744.*

特寫給她的一封長信中，他說：「雖然對他的
生平及書目所知最少，波特萊爾是（我）最喜
歡的詩人」❻，也是他覺得最親近的人。當詩
人把自己的作品獻給**假惺惺的讀者、我的同類、我
的兄弟**（*Hypocrite lecteur, mon semblable, mon frère.*）
時，他或許當真以為自己就是波特萊爾心目中
的那個讀者。評論家經常談到兩人之間的相似
處：兩個人都沉迷於童年的失樂園，全都強烈
地依戀母親，年少時多病，濫用麻醉藥品。更
重要的是，普魯斯特清楚知道，波特萊爾和自
己一樣，缺乏決心，也正因為這個毛病，他和
波特萊爾的創造力都曾經癱瘓多年；另一方面，
在某些詩作中，殘忍與隱忍並置，詩韻說變就
變，還有波特萊爾本人那既動人往往又矛盾的
本來面目，也都令他孺慕不已。他在他的詩中
察覺到隱性的同性戀傾向，以及詩人在〈蕾絲
波〉（Lesbos）與〈墜入地獄的女人〉（Femmes
damnées）中對女同性戀的好奇，他的感受也都極

為強烈。

大家都知道，直到三十好幾了，普魯斯特才開始認真地寫作《追憶》。儘管已經寫了不少文章、一本未完成的小說，以及成千上萬的筆記，但新作品始終找不到滿意的形式，又需要花很大的力氣才能將作品完成，所有這些都令他感到苦惱不已。波特萊爾舉棋不定，普魯斯特將之歸咎於怠惰、缺乏信心，甚至於力有未逮，他心裡有數，自己也是一樣的毛病，但這多少給他帶來了一點安慰：「我該寫本小說呢？還是一篇哲學論文？我真的是一個小說家嗎？我發現波特萊爾的《小散文詩》（Petits Poèmes en prose）及《惡之華》（Les Fleurs du Mal）居然是同一個主題，這還滿令人安慰的。」❼到底該採用什麼形式，如此舉棋不定，在普魯斯特看來，無非是缺乏意志力，要不就是欠缺藝術的直覺，但也要怪「自己的才智不足，明明知道路徑不同，卻無法下定決心選擇」⑳。此外，

波特萊爾特別多愁善感，大悲大慟動輒形諸於
文字，對於貧窮老病死的描述既露骨又精準，
但有些批評家卻視若無睹，這也很令普魯斯特
不平。他在寫《駁聖伯甫》（*Contre Sainte-Beuve*）
時，《惡之華》中的〈小老太婆〉（Les Petites
Vieilles）一詩就是他捧讀再三的：

　　破裙襤褸

　　匍匐，飽受邪風折磨，

　　縮瑟於馬車的呼嘯

　　如雷，緊握提袋

　　彷彿抓著咒語編織而成的遺物不放。

　　無論碎步跛行如木偶或蹣跚

　　有如受傷的動物

　　她們跳舞——身不由己，造化之舞——

---

⑳ Adriana Hunter's translation. *prédominance de l'intelligence
qui indique plutôt les voies différentes qu'elle ne passe en une.*
Proust, *Contre Sainte-Beuve*（1954），159.

哀哀鐘鳴，惡魔一路拖拉。㉑

　　正是從這種無動於衷的冷酷，普魯斯特看到了波特萊爾的才氣。「或許正是這種將感性放到其次，敢於說出真相的本事，才是真才氣的表現。」㉒《追憶》中就有一幕精采的好戲，普魯斯特把這種冷漠表現得淋漓盡致。場景是敬愛的祖母臨終，全家人都聚到床前，普魯斯

㉑ Richard Howard's translation. Baudelaire, *Les Fleurs du Mal* （Boston: Goldine, 1983）, 94. *Sous des jupons troués et sous de froids tissus/Ils rampent flagellés par les bises iniques/ Frémissant au fracas roulant des omnibus/Et serrant sur leurs flancs ainsi que des reliques, /Un petit sac brode de fleurs ou de rébus;/ Ils trottent, tout pareil à des marionnettes;/Se traî nent, comme font les animaux blessés, /Ou dansent, sans vouloir danser, pauvres sonnettes/Où se pend un Démon sans piti é.* Baudelaire, *Tableaux parisiens, in OEuvres completes* （Paris: Gallimard, 1975-76）, 89.

㉒ Proust, *By Way of Sainte-Beuve*, trans. Sylvia Townsend Warner（London: Chatto and Windus, 1958）, 98. *Peut-être cette subordination de la sensibilité a la verité, a l'expression, est-elle au fond une marque de génie, de la force de l'art supérieur à la pitié individuelle. Contre Sainte-Beuve*（1971）, 252.

特刻劃了每個人不同的心態。母親「站立，傍著一棵孤伶伶在風雨中飄搖的樹」㉓，家裡的男人們則被這場漫長的苦難折磨得疲態畢露：「大家都盡心盡力了，到頭來，漠不關心的面孔到底還是擺了出來，長時間守著一個將死的人，卻又脫身不得，弄得他們懶洋洋的，彷彿長時間關在火車車廂裡的人，沒完沒了地扯淡起來。」㉔至於敘述者，整個人都被垂死的老婦人抓住：「躺在床上，傴僂成半圓形，除了是奶奶外，又像是另一種動物，披頭散髮，裹在睡衣裡，氣喘吁吁，毯子隨著抽搐上下起伏。闔著的眼皮要閉不閉，露出一線瞳仁，糊糊的，黏黏的，茫茫然，其中不見生機，只見痛苦。」㉕

㉓ 2: 620. *avait la désolation sans pensée d'un feuillage que cingle la pluie et retourne le vent. 2: 289.*

㉔ 2: 617. *Leur dévouement continu finissait pas prendre un masque d'indifférence, et l'interminable oisiveté autour de cette agonie leur faisait tenir les mêmes propos qui sont inséparables d'un séjour prolongé dans un wagon de chemin de fer. 2: 289.*

這一幕，其殘酷一如出自波特萊爾的筆下，而身為普魯斯特的讀者，就像普魯斯特讀到波特萊爾多數有關病痛的詩篇時一樣，我們豈不也相信，他和詩人一樣，「對這一切感同身受，完全理解，而且有著一顆最易感的心及深沉的惻隱？」㉖此外，氣氛的突變常見於波特萊爾，普魯斯特對此特別留意，並指出，在某些詩中，如果少了這樣的轉變，反而顯得怪異。這種方法普魯斯特自己也常用，但主要是求取喜劇效果。譬如說，他打斷奶奶嚥氣的那一幕，把蓋爾芒特公爵迫不及待前來向家人致哀的一段插

㉕ 2: 612. *Courbée en demi-cercle sur le lit, un autre être que ma grand'mère, une espèce de bête qui se serait affublée de ses cheveux et couchée dans ses draps, haletait, geignait, de ses convulsions secouait les couvertures. Les paupières étaient closes et c'est parce qu'elles fermaient mal plutôt que parce qu'elles s'ouvraient qu'elles laissaient voir un coin de prunelle, voilé, chassieux, reflétant l'obscurité d'une vision organique et d'une souffrance interne. 2: 283.*

㉖ Proust, *By Way of Sainte-Beuve*, 99. 〔*Le poète*〕 *a tout res-senti, tout compris, qu'il est la plus frémissante sensibilité, la plus profonde intelligence. Contre Sainte-Beuve* (1971), 253.

進來；公爵儘管禮數周到，以為自己的出現可以徹底改變氣氛，但結果卻受到了冷落，尷尬不已。像這類令人不知所措的反差，不僅出現在戲劇性的情節中，在敘事與細節中也找得到。舉例來說，他曾經寫過一段文字，討論痛苦在波特萊爾作品中的不同形式，其結論呈現一幅驚人的意象：「每一種人，他都加上一句精采的按語：溫暖而柔軟，芳香而多汁，無非酒肉皮囊。」㉗

　　凡能夠令普魯斯特傾心的詩人，定然擁有別具一格的想像力，波特萊爾自也不例外，至於其關鍵，則在於他對愛的觀念別有所見，往往喜歡走偏鋒，譬如說，跟雨果比起來，他便大異其趣。多數人並不以為波特萊爾是同性戀，

㉗ Proust, *By Way of Sainte-Beuve*, 99. *Sur chaque catégorie de personne〔Baudelaire〕pose toute chaude et suave, pleine de liqueur et de parfum, une de ces grandes formes, de ces sacs qui pourraient contenir une bouteille ou un jambon. Contre Sainte-Beuve*（1971），253.

普魯斯特在《駁聖伯甫》中卻表達了不同的看法。在一篇論波特萊爾的文章裡，他與安德烈·紀德（André Gide）對話，引了詩人維尼（Vigny）〈參孫的憤怒〉（La Colère de Samson）中的名句：

> 女人有蛾摩拉，男人有索多瑪
> 隔得遠遠地，彼此不安地互望
> 兩性將死於各自的一邊。㉘

維尼愛上女演員朵娃夫人（Madame Dorval），既嫉妒又不快樂，只因為女人都喜歡朵娃。普魯斯特靈機一動，便拿上述句子與波特萊爾〈蕾絲波〉一詩互為對照。後者說的則是一個男人對莎芙之愛（Sapphic love，譯註：指女性同性之愛）

㉘ My translation. *La Femme aura Gomorrhe et l'Homme aura Sodome /Et se jetant de loin un regard irrité/Les deux sexes mourront chacun de leur côté. Alfred de Vigny, OEuvres poétiques* (Paris: Garnier-Flammarion, 1978), 219.

的神祕性產生了好奇：

> 因為蕾絲波在眾男人中選了我
>
> 唱她含苞待放的祕密
>
> 打從童年起我便分享了這份
>
> 瘋笑飾以悲淚的祕密。㉙

　　普魯斯特深信，波特萊爾對雙性都有興趣（奇怪的是，在他的小說中，他把這種特質給了小提琴家查理·莫瑞爾〔Charles Morel〕。莫瑞爾不但勾引夏呂斯男爵〔Baron de Charlus〕，在性方面既染指男人也不放過異性戀及同性戀女人），並把這個看法告訴安德烈·紀德，令紀德大感驚訝。身為成功的作家，紀德當時是 NRF

㉙ Richard Howard' s translation. Baudelaire, *Les Fleurs du Mal*, 125. Car Lesbos entre tous m'a choisi sur la terre/Pour chanter le secret de ses vierges en fleurs/Et je fus dès l'enfance admis au noir mystère/Des rires effrénés mêlés aux sombres pleurs. Baudelaire, *OEuvres complètes*, 151.

出版公司（Les Éditions de la NRF）——後來的伽里瑪出版公司（Les Éditions Gallimard）——總編輯，在文壇上擁有極大的影響力，正因為如此，一九一二年伽里瑪公司將《斯萬的戰爭》（*Swann's War*）退稿，紀德要負極大的責任。為此，紀德給普魯斯特寫了一封長信，希望他原諒此一重大的錯誤。❽普魯斯特不念舊惡，儘管兩人並不十分親近，卻始終維持密切交往。紀德是同性戀，而且是少數和普魯斯特露骨談論過性倒錯（sexual iriversion）的人，其中一次談到波特萊爾，紀德記在日記裡：「普魯斯特告訴我，他深信波特萊爾是同性戀：『從他談〈蕾絲波〉的方式，加上非要談它不可，就足以讓我相信了。』但我卻不認同：『不管怎麼說，就算他是同性戀，我看他自己也不知道，你認為他做過嗎……』『什麼話嘛！』他叫了起來。『我確信剛好相反；你怎麼會懷疑他沒做過，他，波特萊爾！』聽他的口氣，好像說，

懷疑波特萊爾沒做過，簡直就是在侮辱他。」㉚

　　對於同性戀，波特萊爾與普魯斯特同樣抱持悲觀的看法，認為是一種詛咒。但若因此認為是波特萊爾影響了普魯斯特，那又未必，倒是兩人觀點相近，則是不爭的事實。在〈墜入地獄的女人〉（Femmes damnées）中，波特萊爾這樣寫道：

> 離群索居，受到詛咒
>
> 如狼之掠食於荒野
>
> 追逐一己之命運，騷動的靈魂，逃避

㉚ André Gide, *Journals*, trans. Justin O'Brien (New York: Knopf, 1948), 2:265. *Proust me dit la conviction où il est que Baudelaire était un uraniste.* "*La manière dont il parle de Lesbos, et déjà le besoin d'en parler, suffiraient seuls à m'en convaincre*" *et comme je proteste en tout cas que s'il était uraniste, c'était à son insu puisque vous ne pouvez penser qu'il aît jamais pratiqué. Comment donc, s'écrit-il, je suis convaincu du contraire. Comment pouvez-vous douter qu'il pratiquât ? lui, Baudelaire! Et dans le ton de sa voix, il semblait qu'en doutant, je fasse injure à Baudelaire. Gide, Journal 1887-1925* (Paris: Gallimard, 1996), entry dated May 14, 1921, 1124.

自己內在孕育的無限。㉛

在《索多瑪與蛾摩拉》（*Sodom and Gomorrah*）中，普魯斯特就為奧斯卡·王爾德（Oscar Wilde）這一類的人悲歎：「他們的光榮朝不保夕，他們的自由只是一時的，一旦罪行暴露，便一切成空；他們的地位有如詩人，今天還在人家的客廳裡接受款待，在倫敦每間劇場受到喝采，曾幾何時，到處遭到驅趕，無處容身安枕。」㉜

最後，波特萊爾的名詩〈應和〉（Correspo-dances），「聲音、氣息和顏色相互應和」㉝，

㉛ Richard Howard's translation. Baudelaire, *Les Fleurs du Mal, 129. Loin des peuples vivants, errantes condamnées / A travers les déserts, courez comme les loups / Faites votre destin, âmes désordonnées / Et fuyez l'infini que vous portez en vous. Baudelaire, OEuvres complètes, 155.*

㉜ 3:17. *Sans honneur que précaire, sans liberté que provisoire, jusqu'à la découverte du crime; sans situation qu'instable, comme pour le poète la veille fêté dans tous les salons, applaudi dans tous les théâtres de Londres, chassé le lendemain de tous les garnis sans pouvoir trouver un oreiller où reposer sa tête. 2: 510.*

普魯斯特的理解固然無人能出其右，他所做出的唱和，更是令人叫絕，無論是從一個城市的名字喚起奶油的意象，或是把一條魚想像成一座大教堂，無不聯想翩翩：「庫坦瑟斯（Coutances），一座諾曼（Norman）的大教堂，以一座奶油之塔為冠，其結尾輔音油黃油黃的」㉞，以及，「一條魚，其身體連同其無數的椎骨及泛青帶粉的血管，皆由自然所打造，但這一切都是按照建築計畫，猶如水底一座多彩教堂」㉟。

但話又說回來，舉例來說，儘管夏呂斯男爵很難與聖西門切割，但在《追憶》中，馬上

㉝ Richard Howard's translation. Baudelaire, *Les Fleurs du mal, 15. Les parfums, les couleurs et les sons se répondent*. Baudelaire, "Correspondances," in *Spleen et Idéal, OEuvres complètes, 11*.

㉞ 1:379. *Coutances que sa diphtongue finale, grasse et jaunissante couronne comme une motte de beurre 1:320.*

㉟ 2:53. *Quelque vaste poisson, monstre marin, [...]et duquel le corps aux innombrables vertèbres, aux nerfs bleus et roses avait été construit par la nature, mais selon un plan architectural, comme une polychrome cathédrale de la mer. 1:573.*

會讓人聯想到波特萊爾的角色倒是一個都沒有。普魯斯特絕不會把波特萊爾搬出來製造效果。相反地，他把波特萊爾的作品吸收得淋漓盡致，成了自己的一部分，在他的小說中，波特萊爾無所不在，只是不現行跡罷了。

在《追憶》中，閃閃發光的作家全都是法國人──這我在後面還會談到──但我們千萬不可忽略了英國文學對普魯斯特的強大影響。在他的小說中，雖然很少提到拉斯金（Ruskin）、史蒂文生（Stevenson）、艾略特及哈代（Hardy），但並不表示他們不重要。如同波特萊爾，他們也被內化了。在一封寫給大學朋友外交官羅伯·德·比利（Robert de Billy）的信中，他寫道：「奇怪的是，在各種不同流派中，從喬治·艾略特到哈代，從史蒂文生到愛默生（Emerson），能像英美文學這樣令我傾心的還真沒有。德國、義大利，打動不了我，法國也常如此，但兩頁《弗羅斯河上的磨坊》（*The Mill on the Floss*，譯註：喬治‧艾略特的小說）就可以讓我流淚。」❾普魯斯特信中雖然沒有提到拉斯金，但在非法文作家中，其對普魯斯特的影響，無人能出其右。拉斯金在《追憶》中僅出現四次，行跡渺杳，形同不存在，但敘述者卻有妙語，說得好極：「**一本書就是一大片墳場，多數墓碑上的名字都湮沒不彰，認不出來了。**」㊱拉斯金的碑塔正是坐落在這樣一座想像中的巨大墓園裡。

㊱ 4:472. *Un livre est un grand cimetière où sur la plupart des tombes on ne peut plus lire les noms effacés.* 3:733.

第 *2* 部
◆

異國的薰陶
Foreign Incursions

法國公立中學，專修人文學科的學生必須修習拉丁文、希臘文，以及一門現代語文。普魯斯特選的是德文，但早在十一歲，差兩年才要進中學之前，他就已經由祖母親自教導了。在普魯斯特最早寫給祖母的德文信中，有一封是只有五行字的字條，迄今仍然保存。儘管如此，除了歌德（Goethe），德國作家他全都沒興趣，一九一五年時甚至宣稱，當代德國文學根本不存在。湯瑪斯・曼（Thomas Mann），他顯然不當回事，弗洛依德亦然。另一方面，俄羅斯及英國文學卻十分吸引他。英國作家中，他最中意的則是約翰・拉斯金（John Ruskin）。

　　拉斯金為十九世紀大有影響力的藝術評論家，寫作題材廣泛，包括建築、雕塑、繪畫及文學，外加地質、植物、鳥類、教育，甚至政治經濟。普魯斯特之發現他，是透過法國歷史學家霍貝・德・拉・希哲哈尼（Robert de la Sizeranne）所寫的一本拉斯金研究：《拉斯金與美

的信仰》（*Ruskin et la religion de la beauté.*）。拉斯金的觀念點燃了他的熱情；拉斯金認為，身為藝術家，應該是一個詮釋者，是自然與人之間的一個連結，相信美存在於「最簡單的事物……最珍貴的景象（存在於）每個夏日黃昏沿著每條步道之所見、山邊的溪水……以及老舊熟悉的鄉間」❶，藝術家只要畫出、寫出自己之所見就行了。對自稱缺乏想像力的普魯斯特來說，這些觀念成了一條鐵律。在《追憶》中，畫家埃爾斯蒂爾（Elstir）就對敘述者表白了相同的理念。開始作畫之前，他必須盡去心中之成見，才畫得出眼之所見而非心之所知……

普魯斯特花了九年的時間鑽研拉斯金。英文作家中，他努力研讀原著的也只有拉斯金，儘管他的英文並不怎麼高明。念中學時沒有選修英文，對他來說相當可惜。當時如果選了，教他的很有可能就是他極為崇拜的詩人史蒂芬・馬拉美（Stéphane Mallarmé）。他迷戀拉斯金，甚

至迷到不惜放棄自己正在寫作的小說《尚‧桑德伊》（*Jean Santeuil*）——始終沒寫完也沒出版——而跑去翻譯拉斯金的作品。他的一個朋友，康士坦丁‧德‧布蘭科文（Constantin de Brancovan），就懷疑他怎麼可能翻譯一種連自己都不懂的語文，普魯斯特跟他解釋，他的英文是在罹患嚴重哮喘病期間學的。他又解釋道，雖然我不會說，但我是用眼睛在學語言。言說的英語我不懂；我連向人家要一杯水都不會，因為，我不知道怎麼表達，人家講的我也聽不懂。「我不敢說自己懂英文。」他的結論是：「但我敢說自己懂拉斯金。」①事實上，他熟讀拉斯金的全部作品，能夠背誦拉斯金的《亞眠的聖經》（*The Bible of Amiens*）。他承認，如果沒有母親的協助，他不可能完成書的翻譯。嫻熟英文的

---

① My translation. *Je ne prétends pas savoir l'anglais. Je prétends savoir Ruskin.* Marcel Proust to Constantin de Brancovan, n. d., in Proust, *Lettres*, 233.

母親，會先為他起個草稿，接下來他自己再重譯。他也接受幾個朋友的意見，其中包括一個年輕英國女子瑪莉‧諾林格（Marie Nordlinger），並不由自主地愛上了她的表兄弟作曲家雷納爾多‧哈恩（Reynaldo Hahn）。直到一八九六年（譯註：普魯斯特時年二十五），對這位年輕人的愛慕才轉變成為友情，而且終生不渝。翻譯拉斯金始於一八九九年，持續五年未曾中斷，儘管其間不免挫折，甚至難以為繼。如果沒有母親的鼓勵，整個計畫可能半途而廢，但普魯斯特已經使自己也躋身於一個行之有年的文學傳統了。

　　十九世紀及二十世紀初，大作家往往當仁不讓，都會把自己喜歡的作家翻譯成法文。夏多布里昂之於米爾頓（Milton），雨果和紀德之於莎士比亞，以及納瓦爾獻身於歌德及海涅（Heine），都是如此。因此，翻譯拉斯金之於普魯斯特，並不是要與眾不同，反而是有點在保

護自己，只因為有人攻擊他，說他不過是個半吊子，令他痛苦不已。翻譯改進了他的寫作習慣。一九○○年拉斯金去世，藝術雜誌《藝術與骨董報導》（*La Chronique des Arts et de la Curiosité*）邀普魯斯特寫了一篇長文悼念。從此他就成了大師公認的法國權威。兩個月後，又寫了兩篇談拉斯金的文章，刊登於極有影響力的《美術雜誌》（*Gazette des Beaux-Arts.*）。

　　但不管怎麼說，他畢竟不改不講情面的性子。一九○四年，他向瑪莉·諾林格承認，他已經開始厭煩那個老頭子了。一九○八年，寫信給小說家喬治·德·勞瑞（George de Lauris）──《追憶》出版前，少數幾個讀過第一部的人──信中說，拉斯金的著作儘管重要，儘管偉大，但往往流於枯燥、囉嗦、煩人、錯誤及荒謬。跟一個自己已經徹底讀透、徹底分析過的作家，毅然一刀兩斷，唯一的可能就是普魯斯特已經完全消化了拉斯金，就此和大師分道

揚鑣乃是必要的一步：普魯斯特認為，**於自己之所愛，唯有將之揚棄，才能賦予新生。「崇拜一個人格強過於自己的人，其力量之強大，足以奴化一個藝術家，但這樣的奴化也有可能是解放的開始，由此成就一種馴服與自主的巧妙混合。」**②

理查・麥可希（Richard Macksey，譯註：約翰霍普斯金大學比較文學教授暨文學評論家）注意到，普魯斯特和拉斯金兩個人的背景及性情其實是大異其趣，他帶著幾分得意說，就和普魯斯特筆下人物斯萬受了妻子奧黛特（Odette）兩年的罪一樣，普魯斯特也有可能會說，對一個人，崇拜歸崇拜，但若要跟他學，免談❷。拉斯金是個清教徒，蘇格蘭新教的背景，道德掛帥，以

---

② Adriana Hunter's translation. *La force bienfaisante d'un tempérament plus puissant que le sien peut asservir un artiste mais cette servitude n'est pas loin d'être le commencement de la liberté. On atteint alors l'exquis, le mélange d'obéissance et de liberté.* "Les Beaux-Arts et l'Etat," in *Contre Sainte-Beuve* (1971), 496.

社會倫理改革先知自居，至於普魯斯特，半天主教半猶太教的傳承，卻全然不把教條放在心上，加上喜歡享受塵世的安逸，兩個人根本格格不入。拉斯金總是馬不停蹄奔走，普魯斯特則是早早就躲回自己的安樂窩。還有，既然拉斯金在《追憶》中很少露面，難免會有人問，普魯斯特花那麼多年鑽研他究竟得到了些什麼？真正的答案是，普魯斯特欠他的還真多，從普魯斯特的書信到他的風格變化，以及其小說結構的定型，在在都可以證明這一點，只不過，他從這個老師傅那兒學會的把式，早已融會貫通，成了自己的一部分，不太容易察覺罷了。

閱讀並理解拉斯金，普魯斯特用的是望遠鏡的兩頭。用望遠的那一頭，他釐清將來要為自己大部頭小說架設結構的原理原則；用看近的那一頭，他關注的則是拉斯金對細部所做的精細描繪，並認真加以模仿，用在花卉及衣服的描寫上。從這裡，普魯斯特明白了一層道理：

「在這世界上，人類心靈所能做的最偉大的事情就是觀察，並把看到的東西平平實實地講述出來……清楚的觀察，詩、預言及信仰——盡在其中矣。」❸

普魯斯特放棄寫作《尚・桑德伊》時，已經寫了上千頁的東西，包括一些相關但鬆散的細節（自傳性的材料、自然的描繪、文學評論，以及打算在小說中出現的人物速寫）。他很清楚，這些東西充其量只是構成一本書的片段，將它們納入到一本小說中所需的整合結構仍然付之闕如。但拉斯金已經把方法告訴他了。在翻譯《芝麻與百合》（*Sesame and Lilies*）時所寫的一份筆記中，普魯斯特就說得很明白：「整個過程中，所有看似雜亂無章的主要想法或意象，拉斯金其實都下過功夫，把它們並排、混合、調度、打光。但實際上，引導他的念頭是跟著深層的偏好在走，而偏好又不由分說地給了他一個更高的邏輯。因此，到了最後，他儼

然是在服從一個到結尾時才真相大白的神祕計畫，這時候回過頭去看，彷彿一切自有其秩序，盡在算計之中，天衣無縫。」❶小說結構所需要的鷹架大可以從隱藏於深處的自我中浮現，明白了這一點，普魯斯特開步向前。

擱下《尚‧桑德伊》，出版了二本翻譯拉斯金的譯作，三年後，他開始動筆寫《追憶》，對於小說的形式，已然成竹在胸。對他來說，最重要的莫過於小說的結構，至於最不應該發生的，則是早早就讓讀者洞燭了來龍去脈。沒錯，《尋回的時光》（*Time Regained*）最後一頁回應了《在斯萬家那邊》（*Swann's Way*）的第一頁，有如一首序曲，把所有在那兒響起來的主題全都呈現了出來，即便如此，還是要等到讀者將整本小說讀之過半，才會逐漸明朗。另外還有一重困難，《在斯萬家那邊》一九一三年就問世了，但讀過的讀者非要到《尋回的時光》於一九二七年出版時，也就是十四年後，才會

對這一切恍然大悟。

　　普魯斯特明白，對於拉斯金的作品，法國讀者頂多只有一點點的概念。單憑這一點，他就沒有必要拿拉斯金來充門面，或讓他在小說中有一個角色，譬如說，寫到夏呂斯貴氣十足的貴族架勢時，就得把聖西門請出來，或者引述象徵母愛的塞維尼夫人（Mme de Sévigné，譯註：法國十七世紀書信家，出生貴族世家）時，當然就是要套用到敘述者母親及祖母的身上了。普魯斯特之公然抄襲拉斯金，有一個有趣的例子：想要進絮比安（Jupien）的男性妓院，通關密語是「芝麻」，敘述者無意中闖了進去，發現夏呂斯被人用鏈子綁在鐵床上挨鞭子。但普魯斯特並未到這裡就打住。絮比安曾經是個背心製造商，相當博學，普魯斯特讓他跟敘述者開了個玩笑，說他感到遺憾，因為他那裡沒有百合，又說，他在夏呂斯的客廳看過拉斯金《芝麻與百合》的法文譯本。

但話又說回來，一個讀者，如果熟悉拉斯金的作品，警覺性又夠高，就不難發現，拉斯金的影子在《追憶》中其實無所不在。《在斯萬家那邊》的第一頁，敘述者睡前讀的書，寫的是一座教堂，指的似乎就是《亞眠的聖經》。還有《尋回的時光》的結尾，敘述者漫步在蓋爾芒特親王旅社鋪石板的庭院中，斯景斯情，讓敘述者回憶起聖馬可教堂（St. Mark's Basilica）裡不平坦的拼石地磚，活生生就是拉斯金筆下穆拉諾教堂（Murano Basilica）的寫照，「起伏有如大海」。

　　一九〇〇年，普魯斯特初遊威尼斯，為《失蹤的阿爾貝蒂娜》（*The Fugitive*）中敘述者及母親在塞雷尼西瑪（La Serenissima，譯註：為威尼斯舊稱，意為寧靜之城）的關鍵之行提供了不可或缺的素材，其實此行也可以看作是他對拉斯金的朝聖之旅。當時，同行的有他的母親、雷納爾多·哈恩，以及協助他翻譯的英國女子瑪麗·

諾林格。幾個年輕人在聖馬可教堂盤桓了幾個小時，讀拉斯金的《威尼斯之石》（*Stones of Venice*），並爬上台階，貼近觀察他們曾經在拉斯金的圖畫中研究過的柱頭。那些柱頭的重要性，如果沒有拉斯金的指點，他們根本就不會留意。在聖喬治修道院（San Giorgio degli Schiavoni），他們細看了卡帕喬（Carpaccio）的系列畫作，而這些畫作，拉斯金宣稱是他發現的。所有這些作品，到了普魯斯特的手裡，《威尼斯之石》都不免大為遜色，但普魯斯特承認，它們的美，是拉斯金為他啟蒙的。「（拉斯金）讓我的心靈進入了從前無路可循之境，因為他就是門戶。」❺ 後來，普魯斯特又一次回憶起讓他受益良多的拉斯金，卡帕喬的發現者、發揚者及愛好者③，以及他所欽佩的神聖威尼斯人，不僅在《追憶》中有著顯著的地位，也是靈感之所

---

③ My translation. *Le découvreur, le chantre, le dévôt*. Marcel Proust to Auguste Marguillier, in Proust, *Lettres*, 385.

至，阿爾貝蒂娜（Albertine）因此乃有華美的福圖尼連身長裙（Fortuny gown，譯註：西班牙時裝設計大師 Mariano Fortuny 著名的細褶剪裁連身洋裝，流行於二十世紀初）上身：「這些福圖尼連身長裙，古風漾然，但原味十足，乍看之下，簡直就像是舞台上的服飾，又因為極盡想像之能事，其發思古幽情的力量尤有過之，更何況威尼斯充滿東方風味，在那兒穿著，由他們縫製，甚至連聖馬可教堂神龕中的神聖遺物也不免為之失色，而令人遙想起當年，那陽光，那纏頭巾，五色繽紛，交織天成，難以思議。那些日子的一切都已腐朽，但一切又再重生，在城市風情與眾生的召喚拉攏下，道奇仕女（Doges'ladies，譯註：威尼斯有道奇宮〔Doge's Palace〕，曾為總督府）鬢影衣香，舊時衣衫再現風華。」④阿爾貝蒂娜死後，敘述者前往威尼斯——此行呼應普魯斯特與母親、雷納爾多及瑪莉的同遊——觀賞了卡帕喬，並如同拉斯金一般，完全投入其

中。站在《格萊多主教府》（*Patriache di Grado*）的畫前，他認出了自己為朋友訂做的福圖尼衫，一時間，悲從中來。「才不久前，這衣衫還使我想起威尼斯，讓我想要離開阿爾貝蒂娜。如今，面對卡帕喬，又想起了伊人，留在威尼斯徒生悲痛。」❻

卡帕喬也曾被用在十分不同的地方。一如拉斯金，注意到卡帕喬筆下的威尼斯充滿了東方風情，普魯斯特則認為，戰爭期間，由於各種膚色的軍人湧入，巴黎變成了一個異國之都。

---

④ 3:837. *ces robes de Fortuny, fidèlement antiques mais puissamment originales, faisaient apparaître comme un décor, avec une plus grande force d'évocation même qu'un décor, puisque le décor restait à imaginer, la Venise tout encombrée d'Orient où elles auraient été portées, dont elles étaient, mieux qu'une relique dans la châsse de Saint-Marc évocatrice du soleil et des turbans environnants, la couleur fragmentée, mystérieuse et complémentaire. Tout avait péri de ce temps, mais tout renaissait, évoqué pour les relier entre elles par la splendeur du paysage et le grouillement de la vie, par le surgissement parcellaire et survivant des étoffes des dogaresses. 3:295.*

一八一五年，一支制服五花八門的盟軍部隊通過，非洲兵身著紅色裙褲，印度兵頭纏白色頭巾，簡直把我走過的巴黎變成了一個完全不真實的異國之城，由於服裝及臉部的膚色，迎面是十足東方景象，置身其間，令人奇想連翩，恰似卡帕喬住在城外所畫的耶路撒冷或康士坦丁堡，街道上人群雜七雜八，其顏色之多樣只怕還比不上我周遭的人群。走進兩個輕步兵的身後，他們似乎並沒有注意到，只見一高壯男子，頭戴軟毛帽，身穿厚重長大衣，一張紫膛臉，讓我真不知該說他是個演員還是畫家，但管它呢，還不都一樣是惡名昭彰的雞姦者流。⑤

夏呂斯男爵突然陰魂不散，偷偷摸摸找年輕士兵的勾當，其靈感可能也是來自卡帕喬畫中娘娘腔的男人。誠如拉斯金所說，這些人全都有雙好看的腿，而且衣冠楚楚。

小說中另外一個聲名卓著的藝術家喬托（Giotto），也是普魯斯特透過拉斯金才發現

的。旅行威尼斯期間，普魯斯特及雷納爾多‧哈恩到帕度瓦（Pudua）的亞連納聖母院（Madonna dell'Arena）去看喬托分別代表美德與罪惡（Virtues and Vices）的壁畫。普魯斯特把拉斯金的藝術品味給了他筆下的重要角色斯萬（Charles Swann），目的就是要製造一種喜劇效果。

　　讀者初次碰到敘述者家的朋友斯萬，是在他們貢布雷鄉下的家中，當時敘述者還是一個

---

⑤ 4:332-33. *Comme en 1815 c'était le défilé le plus disparate des uniformes des troupes alliées; et parmi elles des Africains en jupe-culotte rouge, des Hindous enturbannés de blanc suffisaient pour que de ce Paris où je me promenais, je fisse toute une imaginaire cité exotique, dans un Orient à la fois minutieusement exact en ce qui concernait les costumes et la couleur des visages, arbitrairement chimérique en ce qui concernait le décor, comme de la ville où il vivait Carpaccio fit une Jérusalem ou une Constantinople en y assemblant une foule dont la merveilleuse bigarrure n'était pas plus colorée que celle-ci. Marchant derrière deux zouaves qui ne semblaient guère se préoccuper de lui, j'aperçus un homme gras et gros, en feutre mou, en longue houppelande et sur la figure mauve duquel j'hésitai si je devais mettre le nom d'un acteur ou d'un peintre également connus pour d'innombrables scandales sodomistes. 3:623.*

小孩。斯萬送了幅複製畫給他，畫家就都是拉斯金所喜歡的，諸如貝里尼（Bellini）、喬托、卡帕喬及戈佐里（Gozzoli），並且注意到，敘述者家的廚娘很像喬托筆下的慈悲（Charity）：

當我們抵達貢布雷過復活節時，可憐的廚娘……病懨懨的，因懷孕有些「害喜」……已經覺得行動有點困難，身前抱的那個不可思議的籃子，逐日變滿變重，壯觀的輪廓在寬大的圍裙下呼之欲出。最後這一點，令人想到喬托某些寓言人物裹著的斗篷。喬托的畫，是斯萬先生送給我的照片。兩者的相似也是他點出來。問候廚娘時，他說：「啊，喬托的慈悲過得可好？」這可憐的女孩，因懷孕而腫起來，（肥了）身子各個部分，甚至包括她那張臉和變方拉長的面頰，說起來還真會讓人想到那些處女，結結實實，男人似的，看起來有點女總管的架勢，在亞連納教堂中化身為「美德」（Virtues）。⑥

貢布雷街上來來往往的人，偶爾也會被用來消遣「美德」的象徵意義。譬如喬托畫的「公正」（Justice），「她那副容貌，灰白灰白的，不怎麼工整，和我常在彌撒中看到的一些婦人的面目一個樣子，一臉正經八百，乾巴巴的，但這些人當中，許多都已經在『不公正』後備部隊中登記有案了。」⑦

　　但影射到拉斯金的地方，最隱晦而又最有

---

⑥ 1:79. *La fille de cuisine... était une pauvre créature maladive, dans un état de grossesse déjà assez avancé quand nous arrivâmes à Pâques, et...elle commençait à porter difficilement devant elle la mystérieuse corbeille, chaque jour plus remplie, dont on devinait sous ses amples sarraux la forme magnifique. Ceux-ci rappelaient les houppelandes qui revêtent certaines des figures symboliques de Giotto dont M. Swann m'avait donné des photographies. C'est lui-même qui nous l'avait fait remarquer et quand il nous demandait des nouvelles de la fille de cuisine, il nous disait: «Comment va la Charité de Giotto?» D'ailleurs elle-même, la pauvre fille, engraissée par sa grossesse, jusqu'à la figure, jusqu'aux joues qui tombaient droites et carrées, ressemblait en effet assez à ces vierges, fortes et hommasses, matrones plutôt, dans lesquelles les vertus sont personnifiées à l'Arena. 1:84-85.*

意思的，很早就於《在斯萬家那邊》中出現了。
小男孩心情不好，晚上睡不著，醒著等母親時，
普魯斯特就是用拉斯金筆下貝諾佐‧戈佐里
（Benozzo Gozzoli）的人物亞伯拉罕（Abraham）來
描繪父親。儘管怕父親會不高興，聽到母親上
樓，他還是攔下她，留住她。在他眼中，父親
是個「大高個兒，身穿白色睡衣，頂著粉紫色
的喀什米爾圍巾，因為神經痛，所以才用圍巾
包著頭，站在那兒，和斯萬給我的仿戈佐里雕
塑的亞伯拉罕一樣，告訴撒拉，她必須跟以撒
分開。」⑧但在書裡，敘述者的父親其實只是想

---

⑦ 1:80. *une Justice, dont le visage grisâtre et mesquinement régulier était celui-là même qui, à Combray, caractérisait certaines jolies bourgeoises pieuses et sèches que je voyais à la messe et dont plusieurs étaient enrôlées d'avance dans les milices de réserve de l'Injustice. 1:85.*

⑧ 1:37-38. *Je restai sans oser faire un mouvement; il était encore devant nous, grand, dans sa robe de nuit blanche sous le cachemire de l'Inde dans la gravure d'après Benozzo Gozzoli que m'avait donnée M. Swann, disant à Sarah qu'elle a à se départir du côté d'Isaac. 1:51.*

要安撫男孩近乎歇斯底里的焦慮，以及他對母親的渴望。立意是良善的。詭異的是，話講得煞有介事，但說什麼仿戈佐里的雕塑，其實根本就不存在。拉斯金所講的，是亞伯拉罕在注視索多瑪城的毀滅，普魯斯特當然知道，並因此才得到靈感的。但這樣的變造，頗值得玩味。難道是普魯斯特不願意把自己的人生跟敘述者的混為一談，才故意不提父子式同性戀的那碼子事，反而選擇了父親準備犧牲掉兒子的情節，儘管他已經要向兒子的要求讓步？關於這一方面，我們稍後還會再談。後來，敘述者就直截了當指出，父親違反了他母親及祖母立下的規矩，下場會很糟糕，也就是說會被自己的焦慮整得很慘。我們應該都還記得，那個具有決定性的一晚，母親大聲為男孩唸書，唸的是大違常理的故事《棄兒弗朗沙》，因此而加強了母子之間的關係，把父親給排除掉了。但這種關係並不全然讓人覺得安慰：「我本來可以快樂

的，但並沒有。就我看來，母親第一次對我讓步，對她自己來說一定很痛苦，因為就她而言，這是她第一次向她對我的期望退讓，但她很有勇氣，承認了自己的失敗。就我看來，即使我贏了，那也只是贏過了她……就我看來，是我，在她的靈魂上刻下了第一條皺紋，讓她生出了第一根白髮。」⑨拉斯金使普魯斯特對某些藝術作品的美睜開了眼睛，對他的小說起了決定性的作用，這一點他自己或許不知道，但卻是不可否認的。另外有一些法國以外的作家，雖然也曾激發了普魯斯特的好奇與熱情，但說到對《追憶》的影響，就沒有那麼深遠了。

---

⑨ 1:39. *J'aurais dû être heureux: je ne l'étais pas. Il me semblait que ma mère venait de me faire une première concession qui devait lui être douloureuse, que c'était une première abdication de sa part devant l'idéal qu'elle avait conçu pour moi et que pour la première fois, elle, si courageuse, s'avouait vaincue. Il me semblait que si je venais de remporter une victoire c'était contre elle...que je venais de tracer dans son âme une première ride et d'y faire apparaitre un premier cheveu blanc. 1:52.*

普魯斯特的書信充分顯示，羅伯・路易士・史蒂文生（Robert Louis Stevenson）、喬治・艾略特（George Eliot）及湯瑪斯・哈代（Thomas Hardy）都是他十分仰慕的作家。相對於拉斯金，這些作家對《追憶》的影響雖然比較難以追索，但在小說裡卻不乏對他們的讚譽。譬如他特別指出，史蒂文生的冒險小說足以媲美內心小說：「某些似乎外在於我們的東西，其實是於我們的內在發現的。」❼對艾略特及哈代，他的熱愛尤有過之。「哈代的成就千倍勝過我的能力。」他這樣寫道。對於哈代所創造的那種「驚人的幾何式平行」、重複及重疊的運用，以及對一個人物的觀察能夠迅速改變，他都佩服不已。❽對於喬治・艾略特的《弗羅斯河上的磨坊》（*The Mill on the Folss*），他印象極為深刻。在一本筆記裡，他似有若無地提到他在讀「《弗羅斯河上的磨坊》的第一頁」。❾他要說的或許是無意識的記憶這件事；在這本小說的一開始，

這位英國小說家描述不知名的敘述者睡著了，她的雙臂壓著椅子的扶手，產生一種感覺，轉變成為一個夢；夢裡，她回到多年以前的某一天，當時，她的雙臂抵住一座橋的石牆，看著一個小女孩和她的狗玩。小女孩就是後來的瑪琪（Maggie），故事的女主人翁。和《追憶》中一樣，這個夢為敘述者提供了動力。普魯斯特十分欽佩艾略特有決心「把某些事情原原本本地攤開來，而我只是停留在想而已」，她寫道：「把某些事情原原本本攤開來，透過這樣的方式看清自己的本性。」❿加上多年來一直對自己的能力缺乏信心，對於《米德鎮的春天》（*Middlemarch*）中那個又壞又複雜的教士愛德華·卡索邦（Edward Casaubon），普魯斯特不免大感興趣。之所以如此，在《尚·桑德伊》中，他透露了部分理由。在這部未完成的作品中，他反而不避諱談因果：「我們是否錯失了自己的天命，我們永遠都無法知道。特別是在工作方面，

我們多少都有點像《米德鎮的春天》裡面的卡索邦先生，他把自己全部的生命奉獻給工作，結果換來的卻只是瑣碎和荒謬。」⓫

英國之外，普魯斯特也極為推崇俄羅斯的大小說家托爾斯泰，「一個沉靜的神」，在藝術家的殿堂中，他把他放在極高的位置，遠在巴爾札克之上，原因之一，可能是他認為，像《安娜·卡列尼娜》（*Anna Karenina*）這樣的小說，「不是觀察的眼睛所作，而是思考的心靈所寫。所謂觀察，看的無非是衣著、證據、判例、合理或不合理的原則，這些都是小說家要揭露的。」⓾這種觀念非常貼近他自己的理想。普魯斯特認為，光是觀察現實根本無法完成藝術的作品。一如他寫給霍貝·德·孟德斯鳩

⓾ Proust, *By Way of Sainte-Beuve, 284. Une oeuvre [qui] n'est pas d'observation, mais de construction intellectuelle. Chaque trait dit d'observation, est simplement le revêtement, la preuve, l'exemple d'une loi dégagée par le romancier, loi rationnelle ou irrationnelle. Contre Sainte Beuve* (1971), 658.

（Robert de Montesquiou，譯註：法國象徵派詩人，1855-1921）的一封信──有人認為他就是夏呂斯一角的原型──普魯斯特在信中說：「在我的書裡，我從來沒有完成過一幅肖像（要有的話，也是用一隻眼睛畫的），因為我實在太懶惰，寫不出現實的另一面。」⑪藝術家必須能夠表現普遍法則，依他的看法，托爾斯泰在這方面就是大師。有關托爾斯泰的看法，都見於他的筆記，在《追憶》中卻未置一詞。至於杜斯妥也夫斯基，依他的看法，超越所有的作家，在論到小說時，應該給以廣泛的評論與分析。

新聞記者尚・德・皮耶修（Jean de Pierrefeu）問普魯斯特，在他讀過的小說中，最精妙的是哪一本。「這問題很難回答。」普魯斯特答道：「但說到我最中意的，或許是《白癡》（*The Id-*

---

⑪ My translation. *Je n'ai fait dans mon livre aucun portrait (sauf pour quelques monocles), parce que je suis trop paresseux pour écrire s'il ne s'agit que de faire double emploi avec la réalité.* Chantal, *Marcel Proust*, 286.

iot）吧。」然而，當普魯斯特的編輯以及文學界極具影響力的《法國文學期刊》（*Nouvelle Revue Française*）總編輯耶奎・黎維耶（Jacques Rivière）一九一二年請他撰文紀念杜斯妥也夫斯基百年誕辰時，他卻婉拒了，理由是他不夠專精；他不懂俄文，他讀杜斯妥也夫斯基都是透過拙劣的翻譯，因此無法評論其風格。「對這位俄羅斯人，我非常景仰，卻不是十分瞭解。」⑫但事實上，普魯斯特對《白癡》、《罪與罰》（*Crime and Punishment*）及《卡拉馬佐夫兄弟們》（*The Brothers Karamazov*）的瞭解就和他熟悉托爾斯泰的作品一樣，但一九一二那一年，他不願意為了寫一篇文章丟下自己的工作。

　　在《追憶》中，杜斯妥也夫斯基所受到的待遇相當特別。敘述者硬押著阿爾貝蒂娜上文

⑫ My translation. *J'admire passionnément le grand Russe mais le connais imparfaitement.* Marcel Proust to Gaston Gallimard, September 27, 1921, in Proust, *Correspondance Générale* (Paris: Gallimard, 1976), 20:479.

學課，課中，對他的作品做出了平易而精闢的分析。但他也曾拿他虛構的畫家埃爾斯蒂爾（El-stir）和杜斯妥也夫斯基做了一次突兀的類比。小說結束時，和希爾貝特（Gilbert）聊天，談到重建一次軍事行動的困難，他提出看法說，最好的辦法就是「照埃爾斯蒂爾畫海的方式，先別管真相和外表，從想像和信念開始，自能漸漸進入實境，杜斯妥也夫斯基講故事就是用這種方式。」[13]杜斯妥也夫斯基從來不會在一開始時就把人物的個性表現出來。普魯斯特也一樣，在給賈斯東・伽里瑪（Gaston Galimard）一封不尋常的信中，他信誓旦旦說，相較於其他卷，《蓋爾芒特家那邊》（*The Guermantes Way*）在結構上有很多的杜斯妥也夫斯基（又說，他自比杜斯妥也夫斯基，希望他能原諒他的自大），因為

---

[13] 4:554. *encore faudrait-il peindre [la guerre]comme Elstir peignait la mer, par l'autre sens, et partir des illusions, des croyances qu'on rectifie peu à peu, comme Dostoïevski raconterait une vie. 3:792.*

這一卷裡的人物所作所為都超出別人的預期。
但不管怎麼說，他們的行為當中還是有一點是
一致的，那就喜愛閱讀。立場、看法及性取向
或許會變，但在《追憶》中，每個人都閱讀不
輟。

第 *3* 部

◆

好讀者與壞讀者
Good Readers and Bad Readers

對普魯斯特來說，人生無書，誠屬不可思議。因此，他會以文學品味與閱讀習慣來定位他的角色也就不足為奇了。在《追憶》中，僕人與主人，小孩、父母與祖父母，藝術家與醫師，甚至將軍，無人不讀書。飯桌上，友朋間，聊起天來，談的多半是文學。書中人物，比較有教養的，講起話來引經據典，那是理所當然。在敘述者家裡，強聞博記，出口成章，尤其受到激賞，他的祖母、祖父及母親，全都是這方面的高手。對於這種文學遊戲，普魯斯特自己家也樂此不疲，在他的回憶中，母親臨終還在引述莫里哀（Molière）及劇作家拉比瑟（Labiche）的句子，用盡最後一口氣，鼓勵強忍淚水的兒子：「即使你不是羅馬人，也不應妄自菲薄。」❶

每個人讀書，各有各的角度，絕不會有兩個人完全一樣。有的人善讀，有的不善讀。在《追憶》中，普魯斯特訂了一個層級，按照每

個人對書的態度，分別給出高下，只要發現有人不及格，他便欣然將之登錄在案。結果發現，不善讀之人遠遠多過善讀之人，由此也印證了他的一句名言：「時至今日，已無善讀之人。」❷至於不善讀的，道德上或心智上都難免瑕疵。

讀書應求甚解。不幸的是，情形正好相反。譬如敘述者家裡的男管家，讀起報紙來，不是不知所云就是不求甚解。戰爭期間，家裡的僕傭全靠他報消息，但他的消息也最不靈光，每天，「（老廚娘）弗朗索瓦絲堅持要讀新聞公報，自己又一竅不通，便只好要男管家為她讀，但比起她，他也好不到哪裡去。」①尤其讓敘述者吃驚的是，那個男的似乎搞不清楚，既然敵人每天都在逼近，卻又說入侵已被擊退，那豈不是白說。「但我們隨自己高興讀報，瞎讀。

---

① 4:319-20. *Françoise se faisait lire les communiqués auxquels elle ne comprenait rien, par le maître d'hôtel qui n'y comprenait pas davantage. 3:612.*

我們並不想知道事實。聽編輯說好聽的話，就好像聽到情婦說話。我們『敗得高興』，因為我們相信，我們雖敗猶榮。」②

　　就弗朗索瓦絲來說，只要不是牽扯到軍事策略的東西，她還是可以讀，只不過她對剛知道的事情和現實人生之間，連個分際都搞不清楚，因此總不免顛三倒四，「讀報讀到不幸的事件，雖然與人素不相識，卻也可以淚如雨下，但等到心裡把受害者弄清楚了，竟然馬上就可以打住。」③在小說裡，一天晚上，在貢布雷的祖父母家中，剛生過孩子不久的年輕廚娘感覺到劇痛。敘述者的母親曾聽接生的醫生警告過，

---

② 4:320. *Mais on lit les journaux comme on aime, un bandeau sur les yeux. On ne cherche pas à comprendre les faits. On écoute les douces paroles du rédacteur comme on écoute les paroles de sa maîtresse. On est battu et content parce qu'on ne se croit pas battu mais vainqueur. 3:612.*

③ 1:120. *Les torrents de larmes qu'elle versait lisant le journal sur les infortunes des inconnus se tarissaient vite si elle pouvait se représenter la personne qui en était l'objet de façon un peu précise. 1:117.*

說這類的危機難免，因此一聽到她的呻吟，便叫醒弗朗索瓦絲，遣她去祖父的書房把醫學字典拿來，寄望能夠幫得上忙。但時間過去，一直不見弗朗索瓦絲回來。萬般無奈之餘，母親便叫敘述者跑一趟，到了書房，發現弗朗索瓦絲在讀字典，並被產後痙攣的描述感動得泣不成聲。敘述者好不容易說服她放下字典，去幫助可憐的年輕廚娘，但一到了廚房，面對痛苦的現實，她卻抹去淚水，既不上前幫忙也不知道安慰……「剛才還被印刷的敘述感動得流淚，這會兒眼看著真正的受苦，她反倒不耐煩地抱怨起來。」④

她的同事，一個年輕男僕，想要向鄉下種田的親戚證明自己是個有教養的巴黎人，便偷了敘述者的書，胡亂引述一些句子，草草寫了

---

④ 1:121. *et à la vue des mêmes souffrances dont la description l'avait fait pleurer, elle n'eut plus que des ronchonnements de mauvaise humeur. 1: 117.*

信寄回家去。至於典雅的文句不符實際，荒腔走板，沒頭沒腦，他卻不煩惱，反正他也不懂。弗朗索瓦絲和男僕都一樣，書對他們來說無異於天書，書上寫的，和他們的實際生活根本就風馬牛不相及。

同樣的事情，普魯斯特對大學教授布里索（Brichot）就更為嚴苛了。和弗朗索瓦絲一樣，布里索從來就不把讀到的東西與內在的生活關聯起來，因此，某些字裡行間，縱使有普世的美與真，他也掌握不到。身為一個文學教授，他搞些雞毛蒜皮的評論做做樣子，全然缺乏洞見，不痛不癢。舉例來說，巴爾札克之所以急就章與不修文采，他根本無法體會其中的緣由，也無法理解巴爾札克對讀者的用心。至於夏多布里昂，有人以為布里索的頭腦根本就容不下他，理由卻很怪異，只因為夏多布里昂的貴族出身令他不爽。夏呂斯男爵雖然有著藝術家的真性情，卻一反常態，拒絕與布里索辯論《墓

中回憶》作者夏多布里昂的才氣。因為他太清楚布里索這個人，一個只會在語源與文法上打轉，又不懂得生活的腐儒而已，更重要的是，他為了討好霸道的維爾度昂夫人（Mme Verdurin），以免斷了他參加夜宴唯一的門路，甚至不惜把一個自己動過真情的小小洗衣女給犧牲掉，只因為維爾度昂夫人覺得自己受到了羞辱，而對方竟然是一個被自己看不起的小人物。像這樣的人，和他辯論，不過是浪費精神而已。一部偉大著作的美與複雜，他怎麼可能理解呢？一般來說，文學教授云云，往往都與文學熱情絕緣。普魯斯特不太理會學術。照他的說法，教授叨叨念念的無非西塞羅（Cicero），而青春初發的藝術家讀的則是韓波（Arthur Rimbaud，譯註：法國詩人，早期象徵主義代表人物，超現實主義始祖，1854-1891）或歌德。「這我一點都不驚訝。」敘述者追憶往事說：「想也知道，我們這個時代最了不起的傑作都不是出自文學大獎

（Concours Général）……而是來自時髦的俱樂部及酒吧。」⑤當時，普魯斯特還是高中學生，代表公立中學參加文學大獎競賽，結果什麼獎都沒得到。❸

憑良心說，任誰都知道，學生不見得就強過他們的教授。羅貝爾・德・聖盧（Robert de Saint-Loup），敘述者最要好的朋友，在學校得過獎的學生，一個有才華的陸軍軍官，敘述者很喜歡聽他談軍事策略，又是蓋爾芒特公爵的侄兒，善於讀書且喜歡談書。但他真懂文學嗎？我看未必，敘述者也不認為。聖盧之愛文學並非出於真心，不是發自肺腑。他的文學品味隨政治或時尚而變。舉例來說，十九世紀之交，一個處於改變中的年輕人應該是浪漫的，崇拜的是

---

⑤ 4:179. *Je ne fus pas moins frappé de penser que les chefs-d'oeuvre peut-être les plus extraordinaires de notre époque sont sortis non du concours général, d'une éducation modèle, académique, à la Broglie, mais de la fréquentation des "pesages" et des grands bars. 3:488.*

雨果。當然，聖盧的確是如此。但他這個人未免也太不明事理，居然就只因為自己深信浪漫主義比較優越，便在背後取笑他的叔父夏呂斯男爵，只因為在這位長輩心目中，拉辛才值得崇拜，是比雨果更偉大的作家。在文學上搞排他性選擇，其荒謬可知，聖盧居然不以為意，他甚至還容許愛情生活上的異想天開改變自己的文學品味。敘述者有感而發地說：「事實上，羅貝爾對文學的愛一點深度都沒有，不是出自他的本性，只不過是他愛拉榭爾（Rachel）（他的情人）的副產品而已，而且隨著他對酒色失去興趣，開始看重女性的德行時，連同後者也一併消失了。」⑥

聖盧英俊瀟灑，家世好又有錢。拉榭爾，

---

⑥ 3:91. *En réalité l'amour de Saint-Loup pour les Lettres n'avait rien de profond, n'émanait pas de sa vraie nature, il n'était qu'un dérivé de son amour pour Rachel, et il s'était effacé avec celui-ci, en même temps que son horreur des gens de plaisir et que son respect religieux pour la vertu des femmes. 2:573.*

他人生的初戀，是個三流演員，剛開始戀愛時，她對聖盧一無所知，出道時做過妓女。但不管怎麼說，她很聰明，對自己的藝術素養及文學品味深具信心——按照敘述者的看法，這方面還真是貨真價實，而且引人好奇——聖盧完全被她給迷住了，加上她不要錢，不要珠寶，甚至同情，情況就更加一發不可收拾，為了爭取到她，他使出渾身解數，試圖以自己的學問贏得芳心。當然，他失敗了。**讀書可不是調情的工具，而是一個人獨處時為自己做的事情。**

讀書是為了自己，而不是為了要在社會上扮演某一個角色才去讀的。這個道理，還有一個人同樣也不瞭解，那就是敘述者的同學布洛克（Bloch）。敘述者年歲要小一點，在心智上，布洛克多少對他有過影響。舉例來說，敘事者第一次知道當代大作家貝戈特（Bergotte）——一個在《追憶》中角色分量相當重的人——就是布洛克告訴他的。但布洛克矯揉造作過了頭。

渴望衝擊，決心跟「布爾喬亞」劃清界線，得意忘形，還自以為是風流倜儻的翩翩公子。凡事都想要標新立異，使得這個繡花枕頭變得大言不慚，動輒出口傷人。話說他惡性不改，第一次亮相，就是嘲笑敘述者對繆塞（Alred de Musset，譯註：法國浪漫主義作家，1810-1857）的欽佩，一副惡形惡狀模樣：「一聽說我喜歡《十月之夜》（*Nuit d'Octobre*），他就爆出一陣吹喇叭似的狂笑，衝著我說：『喜歡繆塞？你還真應該修理一下自己那上不了檯面的品味才對。我說呀，先生，他可是個壞蛋，最壞最壞的，是最最可憎的那一種。但話又說回來啦，我不得不承認，他，甚至還可以加上拉辛那傢伙，兩個都一樣，總算還塗寫過一些句子，不只滿有韻味，而且在我看來還意義深遠到根本一文不值，一首是《白色的奧盧松聶與白色的卡蜜耶》（*La blanche Oloossone et la blanche Camyre*），另一首是《米諾斯與帕西菲的女兒》（*La fille de*

Minos et de Pasiphaë）』。」⑦

　　連篇荒唐的大話（實際上是普魯斯特借自泰奧菲爾‧戈蒂耶〔Théophile Gautier〕）加上粗鄙逼人的表情，從一開始就成了布洛克的商標，他卻從來不思改正。事實上，他還變本加厲，這只要聽他談到《威尼斯之石》，口氣之狂傲就可見一斑：「布洛克問我怎麼會來到巴貝克（Balbec）的（好像只有他自己來才是正常的），說什麼是不是『想要來交一幫子好哥兒們』，我跟他解釋說，這次來是要完成自己早年的一個心願，儘管去威尼斯看看才是更想完

---

⑦ *1:88. En m'entendant lui avouer mon admiration pour la Nuit d'Octobre, il avait fait éclater un rire bruyant comme une trompette et m'avait dit: «Défie-toide ta dilection assez basse pour le sieur de Musset. C'est un coo des plus malfaisants et une assez sinistre brute. Je dois confesser, d'ailleurs, que lui et même le nommé Racine, ont fait chacun dans leur vie un vers assez bien rythmé, et qui a pour lui, ce qui est selon moi le mérite suprême, de ne signifier absolument rien. C'est: "La blanche Oloossone et la blanche Camire" et "Lafille de Minos et de Pasiphaë". 1:92.*

成的心願，他卻回答說：『啊，當然囉，和漂亮馬子喝冰涼的飲料，一面假裝讀約翰・拉斯金勛爵的《威尼斯之石》，一本爛書，事實上，再沒有誰會比那個老散文鬼子更乏味的了』。」[8] 就像夏呂斯碰到了布里索那種乏善可陳的品味，敘述者懶得跟他辯，但他這位老同學在他心裡的形象也就跟著崩盤，因為不懂得欣賞拉辛或拉斯金，那可是未開化的象徵。

巴貝克的女孩們也會談論文學。巴貝克是一處以卡布爾（Cabourg）為借景的諾曼第濱海勝地，敘述者第一次走訪期間，結交了一群女孩，都是在海邊邂逅的。喜歡運動，愛好單車及游

---

[8] 2:96. *Bloch m'ayant demandé pourquoi j'étais venu à Balbec (il lui semblait au contraire tout naturel que lui-même y fût) et si c'était «dans l'espoir de faire de belles connaissances», comme je lui avais dit que ce voyage répondait à un de mes plus anciens désirs, moins profond pourtant que celui d'aller à Venise, il avait répondu: "Oui, naturellement, pour boire des sorbets avec les belles madames, tout en faisant semblant de lire les Stones of Venaïce, de Lord John Ruskin, sombre raseur et l'un des plus barbifiants bonshommes qui soient." 1:608.*

泳，玩團體遊戲還帶著點孩子氣，儘管如此，
她們也談文學，只不過水平不怎麼高罷了。到
底都還是公立中學的學生，擔心的是考試，卻
都不讀書，只會臨時抱佛腳。一次和敘述者出
遊，她們辯論起一篇文章，主題是索伏克里斯
（Sophocles，譯註：希臘悲劇家，497-406B.C.）與拉
辛之間一段不可能的對話，結果大家一致同意，
如果想要給教授一個好印象，表達個人的看法
不如引述別人的名句。對這種作法，敘述者調
侃以對，但也注意到，其中有一個人，安德莉
葉（Andrée），文學方面的知識頗為可觀，比起
其他人，毫無疑問地也應該算是個權威。

　　同樣也是文學方面的權威，奧麗安娜（Ori-
ane），蓋爾芒特公爵夫人，巴黎上流社會的司
酒。喜歡拿書在朋友圈子裡製造轟動，讓大家
對她的博學都佩服得五體投地，只不過她的作
法很技巧又幽默。埃米爾・左拉（Émile Zola）的
小說及政治立場，當時都被視為臭不可聞的垃

圾。有一天，在一場有帕默王妃（Princess of Parme）出席的餐會上，她要宣布左拉是個詩人，但深知這位老太太既保守又固執，於是這位公爵夫人及一些賓客便開始起鬨嬉鬧，把她給帶入一種高度的驚疑不定之中：

「但左拉並不是寫實主義，夫人，他是個詩人！」蓋爾芒特夫人說，這都是從近幾年她讀過的評論文章中得來的靈感，再用自己的才氣動過手腳。自助餐會熱絡進行，俏皮話滿場飛，都是為了她而攪和起來的，今晚她欣然接受，心想這對自己的健康定然是好的，便由著一波波此起彼落的起鬨玩笑將自己拱起，就在這節骨眼上，甚至比誰都來得亢奮，帕默王妃因為擔心自己會受不了而跳了起來，聲音一緊，彷彿一口氣過不來，喘著說：「左拉，一個詩人！」

「沒錯，正確。」公爵夫人說，滿口笑，這令人絕倒的一幕讓她大喜過望。「殿下一定注意到了，每樣事，他碰過，都變大了。妳知道的，就他這麼一碰

……真是運氣！但他把它做大了。他是史詩的屎堆！是陰溝裡的荷馬！」⑨

奧麗安娜當然知道自己在搞什麼把戲。她的賓客就是她的樂團，身為指揮，她知道什麼時候該讓他們飆到極強，什麼時候該回復平靜。因此，我們看到她搬出了達爾文，挑起花朵奇特生殖策略的話題，展現她的博學，讓她那些沒

---

⑨ 2:766. «Mais Zola n'est pas un réaliste, madame! c'est un poète!» dit Mme de Guermantes, s'inspirant des études critiques qu'elle avait lues dans ces dernières années et les adaptant à son génie personnel. Agréablement bousculée jusqu'ici, au cours du bain d'esprit, un bain agité pour elle, qu'elle prenait ce soir, et qu'elle jugeait devoir lui être particulièrement salutaire, se laissant porter par les paradoxes qui déferlaient l'un après l'autre, devant celui-ci, plusénorme que les autres, la princesse de Parme sauta par peur d'être renversée. Etce fut d'une voix entrecoupée, comme si elle perdait sa respiration, qu'elle dit: —Zola un poète! —Mais oui, répondit en riant la duchesse, ravie par cet effet de suffocation. Que Votre Altesse remarque comme il grandit tout ce qu'il touche. Vous me direzqu'il ne touche justement qu'à ce qui...porte bonheur! Mais il en fait quelquechose d'immense; il a le fumier épique! C'est l'Homère de la vidange! 2:406.

讀過《物種源起》（*The Origin of Species*）的賓客們閉嘴，然後又搬出她了不起的記憶力，朗誦一首維克多‧雨果的詩，一方面喚起她丈夫對她的才華、聰明及文化修養的仰慕，一方面嘲笑他那個無知無識的情婦，像這種非常的能力，她可是萬不可能擁有的。讀書，對公爵夫人來說，固然是一種享受，但更是一種巧妙的社會控制工具。

她的丈夫，蓋爾芒特公爵大人，腦袋瓜子夠靈光，當然知道文學修養的重要，但他只要沐浴在公爵夫人的光輝中也就知足了，依他的看法，她的成就已經足以讓大部分的博學之士黯然失色。在普魯斯特死後才出版的散文集《駁聖伯甫》（*Conter Sainte-Beuve*）中，有一篇文章寫到公爵的特質，我們看到，公爵故意讓大家都以為他要進書房去讀巴爾札克，其實卻是要避開他老婆的客人。問題是，他書櫃上的書全都是一樣的小牛皮封面，結果，他拿的不是巴

爾札克的小說，而是一本三流小說家的作品，
居然還不知道自己拿錯了。

　　另外還有一個壞讀者，是蓋爾芒特家的一
個客人，布里塞克夫人（Mme Brissac），她譴責
維克多·雨果關心社會困苦，將巨大的醜陋硬
塞給讀者：「現實生活中令人痛苦的景象，我
們實在看不下去，雨果卻趨之若鶩。」[10]她喜歡
書將她帶離生活中的醜陋，並以書的主題來論
斷它們的好壞。她的不上道一如蓋爾芒特公爵。
埃爾斯蒂爾是普魯斯特心目中的畫家典型，他
作的一幅靜物蘆筍，畫得極好，蓋爾芒特卻拒
絕買下。我幹麼花三百法朗買一把蘆筍？他以
問作答，還為自己的妙語洋洋得意。

　　蓋爾芒特公爵的嬸嬸，維爾巴里西斯夫人
（Mme de Villeparisis），不僅有學問，而且是一位
有才氣的畫家，父親主持一家頗負盛名的政治

---

[10] 2:764. *Un spectacle pénible dont nous nous détournerions dans la vie, voilà ce qui attire Victor Hugo.* 2:405.

及文學沙龍，她還是小女孩的時候，就在那兒
認識了當時所有知名的作家與畫家。她在書中
跟我們見面時，正忙著寫她的回憶錄。在普魯
斯特的眼裡，她犯了身為讀者最大的一條罪：
她論斷同時代的作家，是以他們的社會地位為
標準。舉例來說，亞爾弗雷‧德‧維尼（Alfred
de Vigny），普魯斯特最愛的詩人之一，偶爾還
有人把他與波特萊爾並列，她卻嫌得要死。❹還
有，他連個帽子都不曉得戴！她的侄兒崇拜巴
爾札克，居然也令她生氣，說他的穿著不倫不
類，還膽敢描寫一個根本不曾接納他的貴族社
會。維爾巴里西斯夫人對作家的看法，說穿了
就在影射大文學批評家聖伯甫（Sainte-Beuve）的
理論。聖伯甫主張，要評價一個作家的作品，
就一定要先瞭解他的個性、道德、信仰及行為
舉止。普魯斯特恨透了這種理論，所以才寫了
《駁聖伯甫》，斥之為完全否定作家的本質。
按照他的看法──在談話中，甚至書信中──

藝術家並不表現內在的自己，亦即那個從不在日常生活中曝光的自己，也就是那個唯一重要的自己。為了要判斷一個藝術家的作品，先要看他的生活，那實在荒謬。普魯斯特創造了凡德伊（Vinteuil），似乎就是要證明自己的這個觀點。凡德伊，一個天才作曲家，活著，但從來就只是貢布雷鄉下一個最卑微的鋼琴師，連熟識他的人也沒把他看在眼裡。但他的音樂實在太美，斯萬大受感動，完全無法想像是他鄉下的鄰居——他眼中的老笨蛋——寫的。

　　普魯斯特的角色中，頗有幾個書癖，組織了普魯斯特所謂的文學共濟會（*une franc-maconnerie des lettré*s，譯註：共濟會出現在十八世紀的英國，是一個帶宗教色彩的兄弟會組織，也是目前世界上最龐大的祕密組織，宣揚博愛和慈善思想，以及美德精神，追尋完美人類生存意義。世界上眾多著名人士和政治家都是共濟會成員），一種祕密組織，隨時會因為心意相通搞出一些令人意想不到的活動。正

是這種最合聖西門胃口的調調，把斯萬這個風雅的巴黎人和敘述者荒腔走板、小心眼的祖父給綁到了一塊兒，也才會出現斯萬與夏呂斯分享巴爾札克的場景，乃至更令人驚訝的，敘述者最謙卑單純的祖母竟然也被夏呂斯所吸引，關於後者，我們將會看到另一副面貌，其實是一個粗暴無禮的同性戀貴族。但在一次有關塞維涅夫人（Mme de Sévigné）的談話中，她發現，男爵的粗礪其實隱藏著令人意想不到的感性。

也正是這種心意相通，在這些書癡之間產生了一種電報式的簡潔溝通，在敘述者家中，就經常有這樣的活動。祖父雖然不是反猶太份子，對孫子的朋友的出身卻也十分在意，這樣的事情多少令人想起一八九〇年代，亦即法國爆發德雷福事件（Dreyfus affair）的時期。❺敘述者的家庭信天主教，祖父相信德雷福有罪並非不可能，所以才會留心孫子的同學。和他猶太裔的母親及哥哥一樣，普魯斯特自己也是個德

雷福同情派，但多年下來，他父親及他的某些朋友卻都不是。普魯斯特知道，這種事情有識之士是無法苟同的。很明顯地，祖父並不狂熱，也不會讓這種事妨害他與斯萬的友誼，或者使他拒絕接納年輕的布洛克，但他總是把猶太人的問題放在心上，而且以自己能夠不看名字就可以辨別出猶太人而得意。經過幾次無害的麻煩後，他下定決心，為了提醒家人注意，引述了幾個看似無傷大雅的句子：接下來，

讓我們明白，他不再有任何懷疑，只是盯著我們，憋住氣壓低了聲音說：
好呀！你們就這麼放走了
這個膽小的以色列人
或者說
美麗的希布倫（Hebron）谷，親愛的父母家園，
或，也許，是
是的，我是猶太一族。⑪

可以想像得到，那一家子人嘰嘰咯咯笑的，
但這不過是只有家裡人才理會的一個笑話，其
中所引的第一行及第三行，在在讓人想到拉辛
的風格及措辭，但其實是普魯斯特自創，第二
行則是他從十八世紀梅胡爾（Étienne Méhul，譯
註：法國作曲家，號稱革命時期最重要的歌劇作曲家，
1763-1817）一齣名不見經傳的歌劇中摘下來的。
另外一次，祖父與斯萬聊天，談到聖西門對西
班牙宮廷禮儀的細節所做的評論，沒想到卻惹
得敘述者善良卻傻呼呼的嫂子不高興。妳怎麼
會喜歡這種垃圾呢？他們之中的一個叫了出來。
「哪有每一個人都不好的呢？只要是聰明善良，
管他公爵還是馬夫，不都一樣嗎？就算他好好
帶大了他的子女，妳的聖西門，如果沒教導他

---

⑪ 1:90. *Pour nous montrer qu'il n'avait plus aucun doute, il se contentait de nous regarder en fredonnant imperceptiblement: De ce timide Israélite Quoi! Vous guidez ici les pas! ou: Champs paternels, Hébron, douce vallée ou encore: Oui, je suis de la race élue. 1:93.*

們要和所有體面的人握手，說老實話，那還真
會是惹人嫌的。」⑫對於他嫂子的死腦筋，祖父
他老人家還真是沒輒，心想，好好的一場話局，
現在也談不下去了，於是轉向女兒。「來來來，
每次碰到這種情況，我聽了都會感到舒服的那
句詩，妳再講一遍來聽聽。啊——我記起來
了：『什麼德性呀，老爺，你真把我們嚇壞
了！』真是過癮！」⑬

　　這些東西讀起來，好玩罷了，當然用不著
像個用心的讀者那樣去反覆琢磨，對一個好讀
者來說，一本好書並不會只給人一個他想要的

---

⑫ 1:28. *Est-ce qu'un homme n'est pas autant qu'un autre? Qu'est-ce que cela peut faire qu'il soit duc ou cocher, s'il a de l'intelligence et du cœur? Il avait une belle manière d'élever ses enfants, votre Saint-Simon, s'il ne leur disait pas de donner la main à tous les honnêtes gens. Mais c'est abominable, tout simplement.* 1:43.

⑬ 1:28. *Rappelle-moi donc le vers que tu m'as appris et qui me soulage tant dans ces moments-là. Ah! oui: "Seigneur, que de vertus vous nous faites haïr!" Ah! comme c'est bien!* 1:43. The line is from Corneille, *Pompée.*

結論，而是構成一種刺激讓他去自我思考。但總有些人把自己給困在文學裡了，結果弄得虛構與現實不分。書裡的人物中，就有一個這樣的讀者，夏呂斯男爵，普魯斯特筆下最複雜的角色。

第 4 部

◆

同性戀讀者：夏呂斯男爵
A Homosexual Reader: Baron de Charlus

帕拉墨得‧德‧夏呂斯男爵（Baron Palamède de Charlus）是《追憶》中最強悍也最複雜的人物之一。悲劇性格卻又風趣到不行，是蓋爾芒特公爵的弟弟，所以也是普魯斯特筆下最顯貴也最古老的家族成員之一。蓋爾芒特家族的人過起日子來，就好像法國革命從未發生過似的，依然自在地活在路易十四的宮廷中。他們打從骨子裡拒絕接受中產階級共和，所以在他們眼裡，共和國總統根本就不存在。正因為如此，他們的密友斯萬，一個猶太平民，一個在聖日耳曼區（Faubourg Saint-Germain）貴族圈裡裡外外都吃得開的時髦巴黎人，為了迎合他們意見，對於自己受到總統的邀請將前往艾麗賽宮（Elysée Palace）一事，只能私心竊喜，不敢在他們面前承認。蓋爾芒特家族自有效忠對象，亦即流亡奧地利的僭君尚博爾伯爵（Count de Chambord），而且年年前往覲見，以示尊崇。

　　夏呂斯這個姓，源自聖西門所提到過的一

個大人物，至於他那個頗不平凡的名字則有兩種說法，一說是取自戈蒂耶《佛拉卡薩船長》（*Capitaine Fracasse*）中的一個小角色，自稱曾在第一次十字軍東征期間揚名立萬，另一說則是希臘的一個小神，在巴爾札克小說《農民》（*The Peasants*）中的一首詩裡面出現過。他更引人注目的一些特質也有其文學淵源，說到這一點，那得歸功於巴爾札克筆下的大角色佛特翰（Vautrin）。在《追憶》中，夏呂斯之所以突出，不僅在於他的文學素養與貴族血緣，更在於他是書中最用心的讀者之一，是聖西門、巴爾札克、塞維涅夫人及拉辛的鑑賞家。但他絕不是個普通讀者：因為他由於性倒錯而受苦的心靈在書本中找到了滋養、調整與安慰。

階級、頭銜、人脈以及過去的光榮都是夏呂斯勘不破的迷障：對於譜系及舊有特權，他的認同屹立不搖，堅信自己站在法國社會的頂層並以此為樂。他順服於階級而且抵死捍衛，

在聖日耳曼區成為傳奇，並形成他性格的一個重要面向。至於他性格的另一面，則是他拚命想要掩藏的同性戀傾向，他的性格之所以充滿矛盾，這一點大有關係。但不管怎麼說，夏呂斯絕不只是一個自負自傲的貴族，也不僅止於一個關起門來活在自己品味中的同性戀。他的音樂素養無懈可擊，是一名極優異的鋼琴家。此外，如果他懂得自我培養，也極有可能成為一位優秀甚至頂尖的作家。他之所以複雜，同性戀要負極大責任。敘述者說得好：「詩人及音樂家的世界，之所以會對蓋爾芒特公爵緊緊關上，卻對夏呂斯先生大大敞開，追究起來，全在於肉體品味的小小偏離，以及感官上的小小瑕疵。」①

對夏呂斯來說，有三個作家——聖西門、

---

① 3:682. *Un petit déplacement de goût purement physique,...la tare légère d'un sens,...expliquent que l'univers des poètes et des musiciens, si fermé au duc de Guermantes, s'entr'ouvre pour M. de Charlus. 3:170.*

塞維涅夫人及巴爾札克——非常重要，他們不僅為他提供了參考架構，也增益了他言談的色彩。夏呂斯男爵簡直就是聖西門的翻版。儘管沒有人認為舊體制的公爵地位受到了威脅，但聖西門對這一點卻深信不疑，並義憤填膺地將宮廷特權所遭受到的侵犯一一羅列出來。任何宮廷儀節的改革，任何賦予外國親王或王室私生子的好處，他都憤怒以對。對於這些事情，如果連國王都懵然無知，他諷刺起來更是針針見血，對於宮廷的運作——他稱之為機制——他的觀察固然毫不留情，談起來冷嘲熱諷，更是深可見骨。在男爵的眼裡，階級與特權不可褻瀆的神聖世界正處於崩潰之中。因此，聖西門的悲痛可以說是先見之明。但要熟讀《回憶錄》（*Memoirs*），那還非要有毅力及熱情不可，足足四十大卷，難怪普魯斯特筆下的人物沒有幾個人真正的讀過。夏呂斯之外，只有斯萬、敘述者及他的祖父，能夠輕鬆引述聖西門，享

受他那令人驚喜的風格，以及為那個時代的人物所做的無與倫比的刻畫。

敘述者之所以對聖西門的回憶錄感興趣，有一個極為特別的理由：他隱隱感覺到，支配路易十四宮廷行為的規矩也可以同樣有效率地應用到一個完全不同的環境——沉睡的小鎮貢布雷。為了證明這種情形確實存在，普魯斯特還把聖西門給搬了出來。我還應該補充一句：為了營造兩者間的這種關聯，他真可說不遺餘力，事實上，《追憶》的主題之一就是：同樣的行為規則，譬如自然法則，可以支配不同的人及環境。因此，他發現姑姑蕾奧妮耶（Aunt Léonie）——一個殘疾者，從來不敢走出家門——的行事曆與路易十四時期一成不變的例行作息，兩者之間居然極為神似，她管理僕人弗朗索瓦絲的權力絕不亞於國王對子民的掌控；他又指出，社會階級的固定不變及深入人心，在地方上也絕不下於凡爾賽宮。跨越界線是不

被允許的：「在聖西門的《回憶錄》中，不管任何時候，若有一個名不副實的貴族，逮到藉口就堂而皇之擺出『殿下』的架子，或有人不再對公爵們順從，並開始我行我素時，往往會招致暴怒相對。這一方面，貢布雷人就不遑多讓，他們有可能心地善良，有可能善解人意，也有可能接納人人平等這樣崇高的理論，但碰到僕人出現忘記自己的身分，開始說『你』，並漸漸偏離用第三人稱跟我說話的習慣時，母親一旦看出了苗頭，定然會勃然大怒。」②

　　和斯萬及敘述者一樣，夏呂斯也讀過聖西

---

② 3:397-98. *Les gens de Combray avaient beau avoir du coeur, de la sensibilité, acquérir les plus belles théories sur l'égalité humaine, ma mère, quand un valet de chambre s'émancipait, disait une fois «vous» et glissait insensiblement à ne plus me parler à la troisième personne, avait de ces usurpations le même mécontentement qui éclate dans les Mémoires de Saint - Simon chaque fois qu'un seigneur qui n'y a pas droit saisit un prétexte de prendre la qualité d' "Altesse" dans un acte authentique, ou de ne pas rendre aux ducs ce qu'il leur devait et ce dont peu à peu il se dispense. 2:821.*

門，但對它的理解卻不同。他不僅透過《回憶錄》這塊稜鏡看自己，他還想要活出它們來，喜歡在家裡模仿聖西門筆下的路易十四，凡事都按照國王為凡爾賽宮所訂的規矩儀節，以招待賓客為例，他不會按照十九世紀末法國的一般禮數，而是隨自己的歡喜，擺出一套有模有樣的宮廷場面：「此外，我並沒有注意到，在家、在鄉下、在夏呂斯堡，他都習慣晚餐後（一副國王老爺的派頭）癱在吸菸室的安樂椅上，任賓客環繞著他站在那兒，一會兒要人點火，一會兒遞雪茄給別人，沒隔幾分鐘，卻說：『啊，阿赫尚寇（Argencourt），怎麼不坐呢？找張椅子坐，親愛的哥兒們。』諸如此類的，意思就是說，他們得繼續站著，並提醒他們，得到他的許可，才能就坐。」③

這種態度未必能討賓客的歡喜，但為了讓僕人高興，他擺起同樣的王室派頭，卻大受歡迎。僕人們都覺得自己被提升到了朝臣的地位：

「我曾經聽人說過，夏呂斯先生的僕人真是熱愛他們的主人。但我們不能拿他和孔提親王（Prince de Conti）相提並論，他雖然想如討好大臣般取悅僕人，但他講求技巧，即使是小事情也會給足他們面子，因此，到了晚上，僕人集合到他面前，為了表示尊敬，到一定的距離便站定，只見他眼睛掃過他們，說道：『郭奈特，燭台！』或『杜克利，夜衫！』隨即響起一陣羨慕的低語，退下去的人，無不羨慕主子青眼所挑中的人。」④

夏呂斯對階級的高度敏感，在《追憶》中也演出過一次大喜劇的場面。夏呂斯給了維爾

---

③ 2:817. J'ignorais, du reste, que chez lui, à la campagne, au château de Charlus, il avait l'habitude après dîner, tant il aimait à jouer au roi, de s'étaler dans un fauteuil au fumoir, en laissant ses invités debout autour de lui. Il demandait à l'un du feu, offrait à l'autre un cigare, puis au bout de quelques instants disait: "Mais, Argencourt, asseyez-vous donc, prenez une chaise, mon cher, etc", ayant tenu à prolonger leur station debout, seulement pour leur montrer que c'était de lui que leur venait la permission de s'asseoir. 2:448.

度昂先生及夫人下馬威，因為這對中產階級藝
術愛好者夫婦居然沒有把貴賓席留給他，而是
給了地方上的侯爵。在他們單純的想法中，總
以為侯爵永遠都高於男爵。逮到這個錯誤，夏
呂斯便長篇大論地開講，大談自己家族的血統
與人脈，嚇哩啪啦，將自己的頭銜全都搬出來，
和聖西門一樣，他認為壞了禮數就是把自己看
輕了，孰可忍孰不可忍，維爾度昂先生向他道
歉時，他下結論說：「啊，這可不是等閒小事，
哈！……我一眼就看穿了，你沒什麼深度。」⑤

---

④ 2:816. *Je me rappelai ce que j'avais entendu raconter des domestiques de M. de Charlus et de leur dévouement à leur maître. On ne pouvait pas tout à fait dire de lui comme du prince de Conti qu'il cherchait à plaire aussi bien au valet qu'au ministre, mais il avait si bien su faire des moindres choses qu'il demandait une espèce de faveur, que, le soir, quand, ses valets assemblés autour de lui à distance respectueuse, après les avoir parcourus du regard, il disait: "Coignet, le bougeoir!" ou: "Ducret, la chemise!", c'est en ronchonnant d'envie que les autres se retiraient, envieux de celui qui venait d'être distingué par le maître. 2:447.*

書的結尾，輝煌的夏呂斯，這位許多大貴族及在位親王的繼承人及表親，已經因羞辱與衰病落魄，只剩下舊愛絮比安（Jupien）——背心裁縫——在照顧他，寫到他的下場，普魯斯特搬出幾個十七世紀的同性戀者，拉羅什富科公爵（Duke de La Rochefoucauld）、哈寇特親王（Prince d'Harcourt）及貝里公爵（Duke de Berry），根據聖西門的記載，他們的夜晚都是和男僕賭博，跟連個名字都叫不出的人度過。然而，儘管丟臉丟到這個地步，無論是他們或夏呂斯，都還不願意把應有的禮數給丟掉，譬如脫帽藝術之類的，於凡爾賽的生活如此要緊，甚至連國王也都緊守著不放。正因為如此，絮比安帶夏呂斯到香榭麗舍去散心，碰到他曾經滿口狠話譏刺不絕的聖余維特夫人（Mme de Saint-Euverte），他還是照樣中規中矩行大禮請安。

---

⑤ 3: 318-19. *Cela n'a aucune importance, ici... J'ai tout de suite vu que vous n'aviez pas l'habitude. 2: 758.*

聖西門之於夏呂斯，除了他的人生末期，其作用無非是要把男爵的特立獨行滑稽化。相對地，塞維涅夫人的角色則是在突顯他的感性。前面曾經提到過，當他與敘述者的祖母在維爾巴里西斯夫人（Mme de Villeparisis）巴貝克的家中相遇時，對塞維涅夫人的喜愛，居然成就了兩個人之間一段不可能的相知。照普魯斯特的說法，祖母深深融入作者，讀到了她自己。自己對女兒的愛使她切身體會到塞維涅夫人的感情。祖母的態度完全是基於同理心，同時，她也已經習慣了一種情形：許多人認為，她所喜愛的作家所描述的那種母女之情根本就是誇大其辭，因此，當她發現夏呂斯完全抓住了塞維涅的心情並理解她的感受時，與其說是驚訝，還不如說是大大地感到意外。她看出他有著一種完全屬於女性的細膩和善感。只不過，她並不知道自己看得還真準。

祖母與夏呂斯之間的對話全然是無心插柳。

事情發生在小說的一開頭，夏呂斯的性癖好還沒有人知道；他儘量小心翼翼，維持表面的男子氣概。但祖母毫無心機的樸素打動了他，使他放開了戒心，同她談起愛與塞維涅夫人來，不經意地流露了自己的多愁善感。突然間，他把自己的本性顯露出來了。他的聲音洩漏了自己，屋子裡的人如果夠留心，自然聽得出。「夏呂斯先生流露出來的細緻感情是男人不常見的，不僅如此，連他的聲音都是，彷彿某種女低音的聲音，中間音域還沒怎麼開發，因此，唱起歌來的時候就好像是一個年輕男子與一個女人在輪唱二重唱，當他表達微妙的感情時，音調拉高起來，帶著點意想不到的甜美，彷彿匯入了少女、修女的唱詩班，唱出了她們的心聲。」⑥他還不經意地流露出非常女性化的動作：「就在那一刻，注意到自己口袋裡那條繡花手絹露出了彩色的邊緣，趕緊將它塞進去，避開女士的驚愕；至於女士，雖然拘謹卻不是不知，只

是覺得不妥，便矜持地故作不見。」⑦這時候，一直都在聽著對話的維爾巴里西斯夫人開口了，說什麼這位母親對女兒的愛太過頭，不自然。祖母便激夏呂斯說：「人生在世，重要的不是愛什麼人，愛什麼東西……重要的是愛的本身……如果說有什麼東西會限制了我們的愛，那一定是對生活完全無知造成的。」⑧真性情的人說的真話。

對夏呂斯、敘述者及其家人來說，聖西門及塞維涅夫人固然重要，但在整部小說及夏呂

---

⑥ 2:118. *M. de Charlus ne laissait pas seulement paraître une finesse de sentiment que montrent en effet rarement les hommes; sa voix elle-même, pareille à certaines voix de contralto en qui on n'a pas assez cultivé le médium et dont le chant semble le duo alterné d'un jeune homme et d'une femme, se posait au moment où il exprimait ces pensées si délicates, sur des notes hautes, prenait une douceur imprévue et semblait contenir des choeurs de fiancées, de soeurs, qui répandaient leur tendresse 1:626.*

⑦ 2:119. *avec la mine effarouchée d'une femme pudibonde mais point innocente dissimulant des appas que, par un excès de scrupule, elle juge indécents. 1: 627.*

斯的觀念中，巴爾札克的角色更是隨處可見，猛不防地就會撞上，事實上，普魯斯特就只差沒有公開宣布說，這位十九世紀的偉大小說家才是他特別喜歡的。沒錯，說到普魯斯特最喜歡的作家，巴爾札克不一定名列榜首，一般人最先想到的是拉辛、聖西門、喬治·艾略特、湯瑪斯·哈代，或波特萊爾，所有這些作家他都崇拜得五體投地。但對巴爾札克，普魯斯特的態度卻有所不同；他發現，巴爾札克的作品中有太多的非難，以致其中所包含的真性情反而模糊了。在《駁聖伯甫》中，他花了滿長的篇幅寫巴爾札克。這本選集——包括評論，在他死後才出版，其中有些是用他和母親對話的形式寫成——以及草稿，後來都以比較成熟的形式用在《追憶》之中。他不滿意巴爾札克的

⑧ 2:118. *L'important dans la vie n'est pas ce que l'on aime, c'est d'aimer... Les démarcations trop étroites que nous traçons autour de l'amour viennent seulement de notre grande ignorance de la vie.* 1:626.

地方，包括他的風格不夠優雅，以及用了太多的說明去描寫人物的感情（普魯斯特自己比較喜歡用暗示）。巴爾札克太在乎賺錢之道，關心的是銀行業者、律師及店老闆的世界，但對普魯斯特來說，這些全都如同陌路，維爾度昂家的財富他從來不置一詞，他們家財萬貫是他家的事，或許正因為如此，對於敘述者家的富裕，他也是同樣的態度。當然，他欣賞巴爾札克的創造力，以及筆下人物能夠反覆出現在續集甚至別冊小說中的那份功力。但巴爾札克為什麼會在整部《追憶》中不斷出現，光是這樣的理解實在不足以說明箇中原因。

「讀者怎麼看待自己讀過的鉅作，完全要看他著迷的程度。」❶普魯斯特這樣寫道，他讀巴爾札克自然也可以從這個角度來觀察。在普魯斯特的筆記裡面，有一段文字把巴爾札克說得很透澈：他著眼於小說家對性偏差的大膽處理。身為一個同性戀者，他指出了巴爾札克處

理同性戀題材的大膽及原創：「對於那種激情，世界上的其他人不是忽略就是嚴加譴責，他卻瞭如指掌。」⑨事實上，普魯斯特的確花了相當篇幅寫男性與女性同性戀，而且從不加上任何道德判斷。這種中立性，以及他之欣然投入「索多瑪及蛾摩拉」的世界，難怪普魯斯特會對他大為激賞，乃至於勤讀巴爾札克不輟，並大量將他用在《追憶》之中了。

　　普魯斯特若將一個作家帶入他的小說，往往也會讓自己小說中的人物引述並認同這位作家的作品。對待塞維涅夫人、聖西門、維克多‧雨果及波特萊爾，他固然是如此，每每指涉到巴爾札克時，這種方式也尋常可見。只不過，有時候也會有些不尋常且耐人尋味的例外。有時候，我們會出其不意地碰到一個句子或一段文字，卻和上下文本搭不上什麼關係，等到後

---

⑨ 3:421-22. *Balzac a connu jusqu'à ces passions que tout le monde ignore, ou n'étudie que pour les flétrir. 2:839.*

來才弄清楚,原來是和巴爾札克有關,彷彿是無意識的記憶在作祟,將一段話丟給普魯斯特,並叫他把它加進去的。但如果不是這樣的話,那或許就只是他想要娛樂一下自己,或考驗一下讀者了。

舉例來說,《追憶》的後半部,在《女囚》(The Captive)中,維爾度昂夫人故意要讓夏呂斯先生難堪,便唆使他的情人,小提琴手查理·莫瑞爾(Charles Morel)在她家的音樂會結束後不要再理會他。儘管她考慮過,這樣做或許會弄砸了她的聚會,但她還是管不住自己的衝動。對於她這種不理性的行為,普魯斯特給了一個既奇妙而又令人意想不到的解釋。「有些慾望,有時候被嘴巴給鎖住了,等到我們把它們養大了,它們就會不顧一切地衝出去得到滿足。有一個人,一直凝視著一對裸露的香肩,看呀看呀,看了好久,嘴唇猶如一條作勢欲撲小鳥的蛇,到頭來,他終究會忍不住吻上去的。」⑩

裸露的香肩跟維爾度昂夫人及她的音樂會怎麼扯上了關係呢？如果這個比喻看起來不倫不類，跟維爾度昂夫人心裡所想的事情又八竿子搭不上，別急，理由還是有的：那就是它直接取材自巴爾札克的《山谷中的百合》（*Lily in the Valley*）。在那本小說中，有一段妙不可言的情節，舞會中，一個非常年輕的男子迷上了一個不認識的女子，只因為她雪白的香肩吸引了他。巴爾札克在小說裡面的那一刻就這樣冒了出來，沒頭沒腦地，因此，想要說出個道理還真的不容易。另外還有一次，很早就出現在《在斯萬家那邊》，巴爾札克的陰魂不散也完全令人意想不到。敘述者小時候和父母親一起在貢

---

⑩ 3:780. *Il y a certains désirs, parfois circonscrits à la bouche, qui, une fois qu'on les a laissés grandir, exigent d'être satisfaits, quelles que doivent en être les conséquences ; on ne peut plus résister à embrasser une épaule décolletée qu'on regarde depuis trop longtemps et sur laquelle les lèvres tombent comme le serpent sur l'oiseau. 3:249.*

布雷散步的時候，一幅景象懾住了他：「一個年輕婦人，神情憔悴，面紗精緻，看來不是本地人，毫無疑問地，她來這兒，套一句老話，是就此『把自己埋葬了』，品嘗苦中帶甜的滋味，想著自己，還有他，那個她心裡曾經擁有但已經無法保留的人兒，就此埋名隱姓，站在那兒，框在一扇窗戶裡……沿著我散步回來的路，她明白，他是不可能出現的，我看到她從那雙認命的手上褪下精緻但再也派不上用場的長手套。」⑪

敘述者所描述的這一段，根本就是巴爾札克中篇小說《棄婦》（*The Deseted Woman*）的出

---

⑪ 1:168. *Une jeune femme dont le visage pensif et les voiles élégants n'étaient pas de ce pays et qui sans doute était venue, selon l'expression populaire "s'enterrer" là, goûter le plaisir amer de sentir que son nom, le nom surtout de celui dont elle n'avait pu garder le coeur, y était inconnu... Et je la regardais, revenant de quelque promenade sur un chemin où elle savait qu'il ne passerait pas, ôter de ses mains résignées de longs gants d'une grâce inutile. 1:154.*

色大綱，妙的是，就連故事中年輕婦人別具意義的手套都照單全收了。和前面所提到的例子一樣，這一段純粹只是巴爾札克的陰魂不散，跟普魯斯特正在講的故事一點關聯都沒有。那位婦人既沒有再出現過，也沒有再被提到過。那幅景象要說有什麼作用，只不過是要眼尖的讀者覺得作者果然博學廣識而已。

夏呂斯請一個男僕吃飯，普魯斯特對這位仁兄的說法也很奇怪。男僕穿著一套借來的衣服，看起來一表人才，觀光客都把他當作來自美國的有錢人，但飯店的服務生馬上就認出了他，「就和一個罪犯認出另一個一樣」。⑫這個比喻實在很怪，就算同一個行業裡面的成員很容易認出彼此，為什麼非得要把一個衣冠楚楚的男僕跟罪犯扯到一塊呢？答案也可以在巴爾札克的小說裡找到。在《情婦的風光與悲哀》

---

⑫ 3: 362. *Comme un forçat reconnaît un autre forçat. 2: 791.*

（*Splendors and Miseries of Courtesans*）裡，逃犯佛特翰出現在監獄庭院中，偽裝成一名教士，沒幾分鐘就被其他罪犯給認出來了。很明顯地，普魯斯特對巴爾札克還真是忠心耿耿呀。

沒錯，巴爾札克的兩個大題目在《追憶》中也都是重頭戲。第一個是孩子對父母的殘酷（譬如高老頭〔Goriot〕把自己的財產都給了兩個女兒，死時窮困潦倒，孤苦伶仃，而她們卻正在舞會中享樂）。在普魯斯特的小說裡，這類故事多不勝數：斯萬的女兒希爾貝特（Gilberte），看不起生父的猶太血統，寧願用繼父的姓，還暗示說自己有親王血統，是貴族的私生女；著名女演員蓓瑪（Berma）的女兒，為了滿足自己貪得無厭的需索，強迫母親演出，加速了她的死亡；茉莉‧凡德伊（Mlle Vinteuil），作曲家的女兒，和一個年輕女子私通，使做父親的痛苦不堪；最後則是聖盧，母親疼他寵他好欺負，他便無情地對待她。第二個題目是「不

自然的激情」，譬如巴爾札克《金眼的女孩》
（*Girl with Golden Eyes*）裡，一個婦人迷上了麻煩
的年輕女孩帕琪特（Paquita），結果以悲劇收
場。這種激情的本質，在好幾個年輕男子與佛
特翰之間的關係上，巴爾札克有更為徹底的研
究。至於佛特翰這個角色，一個同性戀，一個
罪犯，生涯最後卻來了一個萬萬不可能的結果，
成為巴黎警察的頭頭。在《高老頭》（*Father Gor-
iot*）及《幻滅》（*Lost Illusion*）中都是核心角色。

夏呂斯的同性戀及他在《追憶》中的角色，
曾經為普魯斯特帶來相當大的焦慮。早在與出
版商賈斯東‧伽里瑪（Gaston Gallimard）談判
時，談到《在斯萬家那邊》之後會出現的情節，
他一再警告伽里瑪，夏呂斯這個角色，「我認
為相當新穎，一個充滿男子氣概的雞姦者，喜
歡賣弄男子氣概，痛恨娘娘腔的年輕男子。」⑬
他又特別指出，這位老先生挑的是一個門房及
一個小提琴手，因此，整個說來其實只是小事

一件。但沒隔多久，普魯斯特想到要拿巴爾札克做自己的盾牌，便給《索多瑪與蛾摩拉》寫了一篇長註，在其中引述了《高老頭》，討論的主題則是所謂的第三性，一個巴爾札克所採納的名詞。他一再堅持，但又擔心讀者的震驚與憤怒會使伽里瑪中斷作品的出版。伽里瑪卻一再保證沒事，出版照樣進行。但普魯斯特的擔心並未因此結束。一旦將夏呂斯公諸於世，又會給他帶來新的問題。

普魯斯特非常清楚，他的那些角色模擬的是哪些人，朋友之間都十分好奇。優雅而又詼諧的蓋爾芒特夫人是誰？先是斯萬的情婦後來又跟他結婚，讓朋友都為他操心不已的奧黛特（Odette）又是誰？名字和哲學家亨利‧柏格森（Henry Bergson）很像，風格則神似安納托‧法

---

⑬ My translation. *Un caractère que je crois être assez neuf, le pédéraste viril, épris de virilité, détestant les jeunes gens efféminés.* Marcel Proust to Gaston Gallimard, November 1912, in Proust, *Lettres, 584.*

朗士的那個作家貝戈特（Bergotte），靈感又是從哪兒來的，讀者也很好奇。當然還有，誰才是那個「真實的」夏呂斯？關於這一點，大家一致指向羅伯・德・孟德斯鳩—費桑賽克公爵（Count Robert de Montesquiou-Fezensac），血統純正的貴族，才華洋溢的作家，出了名的傲慢、感性，而且有同性戀的花名在外。說起來，線索還真不勝枚舉。夏呂斯有他的小提琴手莫瑞爾，孟德斯鳩則有他的鋼琴師里昂・德拉佛斯（Léon Delafosse）。這好像還不夠，普魯斯特鋌而走險，在描寫夏呂斯的風度翩翩時，居然意有所指，把惠斯勒（Whistler）給帶了進來，眾所周知，惠斯勒曾經為孟德斯鳩畫過一幅極為出色的肖像。❷在小說中，普魯斯特故意讓夏呂斯懷疑敘述者聽說過惠斯勒，並馬上端出傲慢的架子，儼然就是孟德斯鳩的分身，這一來，惠斯勒也就呼之欲出了。

另外一個線索——或者根本就是擺明了

——是梨子，孟德斯鳩最懂得吃這種水果是出了名的。事情是這樣的，為了向莫瑞爾炫耀他對吃的學問及才華，讓社會下層領教他的厲害，夏呂斯即興給他上了一課，講的既不是蘋果也不是葡萄，而是梨子，並且當場痛罵一個倒楣的服務生，說什麼這樣尊貴的水果，他怎麼連不同的品種都區分不出來。普魯斯特顯然忍不住要玩這把火，但在這裡，卻又害怕遭到火吻。他不僅擔心孟德斯鳩可能報復，而且已預見一場書信往來的交鋒將無法避免，到時候，只怕浪費了時間又傷了精神。普魯斯特決定先發制人。遷延了好一段時間後，送了一本《索多瑪與蛾摩拉》的拷貝給孟德斯鳩，說什麼未能奉上珍貴的第一版云云。

孟德斯鳩到底是個聰明人兼有眼光的讀者：「佛特翰正當紅，你的夏呂斯頗得其神。」⑭普魯斯特鬆了一口氣，寫了一封長信，解釋說「開啟的鑰匙一時間」沒能找到，並特別指出，在

構思夏呂斯時，有一陣子他曾想到一個道箋男爵（Baron Doazan），「但後來我放棄了，反而製造了一個更大號的夏呂斯，完全憑空想像出來的」⑮。至於佛特翰的事，他則隻字不提。但他的沉默，其分量絕不亞於發言，我深信，巴爾札克毫不遮掩地把佛特翰這個同性戀者寫全了，不僅給了他勇氣，也給了他方法。不管怎麼說，他豈不一再講，心智生活（也就是他所說的書中生活）遠比社會生活來得豐富、多樣？生命的反諷與複雜，從小說裡學到的，比從人那兒學到的多。「真實的生活，生活最後所揭露並照亮的──到頭來，唯一可說真正活過的生命──就是文學。」⑯

---

⑭ My translation. *Vautrin est à la mode et votre Charlus en tient.* Robert de Montesquiou to Marcel Proust, April 17, 1921, in Proust, *Lettres*, 999.

⑮ My translation. *Mais je l'ai laissé ensuite et j'ai construit un Charlus beaucoup plus vaste et entièrement inventé.* Marcel Proust to Robert de Montesquiou, April 18 or 19, 1921, in Proust, *Lettres*, 1003.

巴爾札克筆下的佛特翰是個逃犯，由於搞地下金融，罪犯黑道都聽他的，強盜殺人，什麼都包，只要弄成了，他就分錢。不愛女人，在《高老頭》中，宣稱有一個警察對他窮追不捨。投宿巴黎小旅店時，認識了為人豪爽的年輕學生拉斯蒂涅克（Rastignac）。細心的讀者不用提示都看得出來，佛特翰向拉斯蒂涅克提出一項驚人的交易時，何等迫不及待，但後者卻拒絕了。他守住了自己的樸實與獨立。另外，在《情婦的風光與悲哀》中也有一個漂亮的青年，呂西安·德·魯邦普雷（Lucien de Rubempre），卻淪為佛特翰的情人、玩物，以及到了最後，成了他的犧牲品。

　　夏呂斯與佛特翰活在兩個截然不同的社會，卻有著許多共同點。在各自的生活環境中，他

---

⑯ 4: 464. *La vraie vie, la vie enfin découverte et éclaircie, la seule vie par conséquent pleinement vécue, c'est la littérature. 3: 725.*

們都擁有極大的力量。夏呂斯一言可以毀掉一個女人的社會地位，佛特翰在他服刑的勞工營中，其影響力之大，在巴爾札克的筆下，不下於公爵及貴族之於文明社會。在各自的生活圈子裡，兩個人都令人畏懼，而且絕非虛張聲勢。對佛特翰來說，策畫謀殺根本是他的第二天性。至於夏呂斯，就我們所知，若要殺人，他絕對下得了手。莫瑞爾對他認識極深，深信他有暴力傾向，並向敘述者承認，他真的很怕他。兩個人都強壯有力，但最突出的特點則是外表魅力十足，兩眼有如瞄準目標的手槍。

兩個人都能言善道，也都不奉公守法。佛特翰公開反社會；夏呂斯為了追求性滿足，其傲慢與無情，即便碰到和他自己一樣不容侵犯的社會地位，他照樣可以將之踩到腳下。只要有心，他們都可以得到女人的歡心。佛特翰及拉斯蒂涅克住的那家旅店，老闆娘佛格爾夫人（Mme Vauquer）謹慎機靈，卻對他大拋媚眼；至

於夏呂斯，任何女人，只要他想接近，不費吹灰之力就可以上手，連敘述者的祖母也不例外。他們企圖染指年輕男子失敗——拉斯蒂涅克之於佛特翰，敘述者之於夏呂斯——情形也很類似。佛特翰出其不意地要提供一大筆錢給一文不名的窮學生（從事一項駭人聽聞的計畫，包括謀殺），拉斯蒂涅克雖然拒絕了，但佛特翰卻成了他一輩子的陰影。同樣地，儘管夏呂斯不時在敘述者面前晃呀晃的，後者卻壓根兒不想討好他，求取在社會上出人頭地的機會。彷彿故意戲弄讀者，就在這個節骨眼上，普魯斯特搬出了巴爾札克：「人生在世，一個人是成不了事的，因為有些事情單靠自己是問不來、做不來、想望不來，也學不來的，總要大家一起做才成，當然啦，也不需要像巴爾札克的故事，非要十三個人才行。」⑰他這裡指的是《費拉居》（*Ferragus*），故事裡面有十三個人拉幫結派，計畫搞謀殺復仇的勾當。夏呂斯的要求既

暴力又過分，當然嚇到了敘述者，於是和拉斯蒂涅克一樣倉皇而逃。另一方面，他們成功的事例也如出一轍。呂西安・德・魯邦普雷的體態之美，佛特翰一見之下便大為心動，於是在路邊停下來搭載他。這一幕寫得令普魯斯特驚豔不已，所以才照本宣科地改寫。夏呂斯之於莫瑞爾，情況也是如此，在諾曼第小鎮東希艾耶（Doncières）火車站月台上，只不過驚鴻一瞥就把他給迷昏了頭。

夏呂斯暴怒到了極點時的情形也會讓人聯想到佛特翰。敘述者的無動於衷令他勃然大怒，當斯時也，夏呂斯有如「毒蛇口沫橫飛」，眼看墨綠的膽汁就要吐了出來，不禁令人想到佛特翰被警察逮捕時「唾液決口」的可怕景象。但話又說回來，這兩個人物之間的相似畢竟只

---

⑰ 2: 828. *Ce qu'on ne peut pas faire seul dans la vie, on le peut à plusieurs et sans avoir besoin d'être treize comme dans le roman de Balzac. 2: 457.*

是表面，他們內在的自我則是大異其趣。有人就覺得，普魯斯特是拿佛特翰這個瓶子，裝進了完全不同的一個人。

夏呂斯之怒並不是出自他的真性情，他之任令怒火爆發，只不過是要向對話者下馬威而已，內心深處，他其實是個多愁善感的老婦人，頗有文學品味，他這方面的本性，不僅敘述者的祖母了然於胸，他的嫂子奧麗安娜·蓋爾芒特夫人也知之甚詳，說「*Mémé* 有著一顆女人的心」（*C'est un coeur de femme, Mémé*），她用的是他的暱稱，*Mémé* 法文的意思是奶奶，她強調這種感覺，則是要激怒自己的老公。

夏呂斯強烈認同文學上的某些人物。前面已經談到過，他喜歡模仿聖西門筆下的路易十四。讀起巴爾札克來更是認真，簡直渾然忘我。和維爾度昂夫婦的小團體討論書籍時，總以為他們沒注意到他的同性戀，被問到最喜歡巴爾札克哪些小說時還指名《幻滅》、《金眼的女

孩》、《沙漠裡的愛情》（*A Passion in the Desert*）及《薩拉辛》（*Sarrazine*）。這裡面，前兩本的主要題材就是同性戀；第三本所談，則是一個官員對一隻黑豹的情感；至於《薩拉辛》，主角沙拉辛之所愛，既不是正常男人也不是正常女人，而是一個閹人歌手。如同之前所談塞維涅夫人的例子，夏呂斯的文學偏好正好透露了他最希望隱藏的感情，談到某些小說時，他總是情不自禁陷入其中，與其同悲同喜。在《幻滅》中，有些時候，他就會覺得自己瞬間貼近了佛特翰，譬如書中有一段寫到，旅行中的佛特翰停下馬車，到拉斯蒂涅克住的城堡附近散步，往事如潮襲來。夏呂斯強烈以為，這乃是全書最美的一幕。但他覺得，更可親近的卻是一名女子，卡迪南公主（Princess de Cadignan），中篇小說《卡迪南公主的祕密》（*The Secrets of the Princess de Cadignan*）的女主人翁。

雖然年紀輕輕，這位公主小姐卻已是緋聞

滿城，吃過她苦頭的男人所在多有。等到了三十歲——就巴爾札克筆下的女人來說，已屬中年——她退出巴黎社交圈，雖然財富散盡，卻仍美麗如昔。這時候，她愛上了一個作家，丹尼爾‧達賽茲（Danial D'Arthez），一個道德完美無瑕的男人，她便天天活在恐懼中，生怕他舊事重提，翻她行為失檢的老帳。這種擔憂，夏呂斯再清楚不過。不同於佛特翰，對於自己的同性戀，他可不當兒戲看待，而且不知道這事早已不是祕密。舉例來說，他的哥哥蓋爾芒特公爵，兄弟間從不講知心話的，有一次當著他的面，對他的特殊品味開了一個無傷大雅的玩笑，就害得他煩躁不堪。罪惡感，對佛特翰來說根本就是天方夜譚，就夏呂斯而言卻是性格上的大問題。「《卡迪南公主的祕密》！」他大聲嚷著：「真是傑作！黛安妮（Diane）呀，黛安妮！過去的壞名聲，害怕心愛的男人知道，居然可以把人折磨得死去活來。這真是千古不

易，可以放諸四海！」有一陣子，他就害怕莫瑞爾的家人會發現他的同性戀，為了保護年輕人，禁止他們交往。由於「突然發現自己陷入了巴爾札克所描述的相同情況，和故事裡面一樣，他逃避，至於那災難，或許已經注定，他當然害怕，但焦慮不安之中，卻找到了斯萬及聖盧所謂『非常巴爾札克的』某些東西，也算是一種安慰了。」⑱

　　普魯斯特還運用這個中篇小說的另一個面向，透露了夏呂斯藏在心裡的女人。黛安妮，

---

⑱ *3:427. "Les Secrets de la princesse de Cadignan! s'écria-t-il, quel chef'd'oeuvre! comme c'est profond, comme c'est douloureux, cette mauvaise réputation de Diane qui craint tant que l'homme qu'elle aime ne l'apprenne! Quelle vérité éternelle, et plus générale que cela n'en a l'air! comme cela va loin!"... Et maintenant que depuis un instant il confondait sa situation avec celle décrite par Balzac, il se réfugiait en quelque sorte dans la nouvelle, et à l'infortune qui le menaçait peut-être, et ne laissait pas en tout cas de l'effrayer, il avait cette consolation de trouver, dans sa propre anxiété, ce que Swann et aussi Saint-Loup eussent appelé quelque chose de "très balzacien". 2: 845.*

故事的女主人翁，十分注重衣著，夏呂斯把它
們的式樣都牢牢記著，稱讚阿爾貝蒂娜——敘
述者戀愛的年輕女孩——的衣裳時，不僅拿它
跟黛安妮比，還深入到設計和顏色最微小的細
節。「阿爾貝蒂娜的穿著，真正美在哪裡好在
何處，幾乎只有夏呂斯先生一個人懂得欣賞，
它們的難能可貴之處固然逃不了他的眼光，連
料子他也瞭若指掌，甚至能說出是出自哪個裁
縫師傅之手。」[19]對阿爾貝蒂娜，他溫柔備至，
對她的教養有限他則百般容忍。阿爾貝蒂娜在
夏呂斯心目中，一如佛特翰眼中的黛安妮，女
人一切的好，盡在其中。夏呂斯這個人，有聖
西門的一面，也有巴爾札克的一面，若屬前者，
他是喜劇的，甚至有點可笑，但若是後者時，

---

[19] 3:424. *Il n'y avait guère que M. de Charlus pour savoir
apprécier à leur véritable valeur les toilettes d'Albertine; tout
de suite ses yeux découvraient ce qui en faisait la rareté, le
prix; il n'aurait jamais dit le nom d'une étoffe pour une autre et
reconnaissait le faiseur. 2:842.*

依我看，則是動人而又多情。讀巴爾札克的同性戀，最合他的脾胃。

　　大不同於夏呂斯，談到文學上的血緣，敘述者一點都沒有。別的作家筆下的人物，沒有一個在他身上找得到一點影子。敘述者純粹是普魯斯特自創的人物。然而，在他的生活中，文學佔有極大的分量，因為他自比法國文學中最偉大的人物之一，拉辛筆下的菲德爾（Phè dre）。

◆

第 5 部

拉辛：第二種語言
Racine: A Second Language

滋養過普魯斯特的作家中，在《追憶》裡出現最多的莫過於拉辛。早自學童時期起，普魯斯特就偏愛拉辛。法國十七世紀的兩大戲劇巨人，高乃依（Corneille）與拉辛，誰比較偉大，在法國的國文科中，這樣的辯論司空見慣。在普魯斯特至今保存的論文中，儘管他崇敬高乃依，以及他大無畏的世界觀，但他偏愛拉辛這位遺世獨立的詩人卻是再明白不過。「喜歡拉辛，無非是他以最深沉、敏銳、細膩及純淨的直覺書寫無數美好、受苦的靈魂。喜歡高乃依，無非是他以最崇高的精神追求至美至善的大無畏理想。」①在學童小小的心靈中，他努力想要做到平衡，給高乃依應得的地位，但在小

① *Adriana Hunter's translation. Aimer passionnément Racine ce sera simplement aimer la plus profonde, la plus tendre, la plus douloureuse, la plus sincère intuition de tant de vies charmantes et martyrisées, comme, aimer passionnément Corneille, ce serait aimer dans toute son intègre beauté, dans sa fierté inaltérable, la plus haute réalisation, d'un idéal héroïque.* Proust, *Juvenilia, in Contre Sainte-Beuve* (1971), 332.

說家的心目中，要他隱瞞自己的最愛卻是萬萬不能。顯而易見地，普魯斯特對高乃依興趣缺缺：在《追憶》中，高乃依根本很少露面，而拉辛則經常在情緒上主導現場，從敘述者在貢布雷的童年到他與阿爾貝蒂娜戀愛的結局莫不如此。此外，拉辛的戲劇之於普魯斯特，既是文學作品中同性戀讀物的喜劇範例，也是因失戀與嫉妒不惜破壞摧毀的悲劇範本。

普魯斯特深入讀過拉辛三部戲劇，一是《菲德爾》（*Phédre*），另外兩部是猶太人王后的聖經劇（Saint-Cyr），《艾絲忒》（*Esther*）及《阿達莉》（*Athalie*）。聖經劇是為路易十四平民妻子曼特農夫人（Mme de Maintenon）辦的女子學校所作。所有的角色都由女孩子飾演。為了讓每個學生都有機會演出，拉辛增加了演員陣容，連合唱隊都搬了出來，舞台四周站著大群無戲可演的女孩。我們應該還記得，普魯斯特深信，一個熱愛讀書的讀者永遠都是在讀自己，會想

像自己融入了字裡行間，因此，我們不難想像，普魯斯特自己，以及他筆下的人物，定然會憑著想像將這些美少女們轉化成為男生。《追憶》中三個典型的老同性戀（愚蠢的外交官並娶妻如馬的佛格貝侯爵〔Marquis de Vaugoubert〕、布洛克〔Bloch〕富有的伯父尼西姆‧貝納爾〔Nissim Bernard〕，當然，還要加上夏呂斯），時不時都會碰到成群無所事事的年輕男人——旅館服務生、侍者，或在沙龍裡窮耗的公子哥兒們——難免會令他們想到拉辛筆下的合唱隊。譬如佛格貝，每到任大使，看到一堆祕書，知道其中有意願滿足自己性癖好的大有人在，便狂喜不已。敘述者眼見他喜形於色，便想像他一定滿腦子《艾絲忒》的情節。艾絲忒嫁給波斯國王亞哈隨魯王（Assuerus），不僅把自己的猶太血統瞞著丈夫，還在大使蒙迪凱（Mondecai）的安排下，背著弄些年輕的以色列人到宮裡跟她作伴：

同時，對我們深愛的族人，他愛屋及烏

讓宮裡充滿了年輕的猶太女子。

在這裡（優秀的大使）照顧她們

並教導她們的靈魂及心智。②

當然啦，佛格貝先生害怕自己的同性戀曝光，
這樣一來，又給了敘述者機會，想起了拉辛另
外的句子：和佛格貝一樣，為了要保守自己的
祕密，艾絲忒王后心裡不免擔驚受怕，只得任
規矩束之高閣，大使乃能為所欲為：

直至今日大王還不知道我的底細，

這祕密把我自己的舌頭也讓鏈子給鎖死了。③

---

② My translation. *Cependant son amour pour notre nation / A peuplé ce palais des filles de Sion, / Il (l'excellent ambassadeur) met à les former son étude et ses soins 2:249.*

③ My translation. *Le Roi jusqu'à ce jour ignore qui je suis, / Et ce secret toujours tient ma langue enchaînée 2:249.*

在這種地方把拉辛搬出來，作用絕不單純是喜劇效果，而是要加強猶太人與同性戀之間的類比，關於這一點，在《索多瑪與蛾摩拉》的開頭，普魯斯特就對這個「受詛咒的種族」表示悲歎，並將索多瑪人比作猶太人，「使跟著他們一夥的人因屈服而流亡，因墮落而蒙羞，最後，如同以色列人般受到迫害，並染上了這個種族的肉體與精神色彩。」④敘事者和祖母還沒到巴貝克的豪華飯店（Grand Hotel）落腳前，普魯斯特還沒有這樣激烈的看法，但看到尼西姆‧貝納爾飢不擇食，想把一個年輕服務生弄上手，醜態畢露，他的整個觀念乃為之大變。在他眼裡，豪華飯店無異所羅門聖殿（Temple of Solomon），飯店服務生無異「拉辛筆下合唱隊的年輕猶太人」，除了不上工的日子，他們所過的日

---

④ 3:17. rassemblés à leurs pareils par l'ostracisme qui les frappe, l'opprobre où ils sont tombés, ayant fini par prendre, par une persécution semblable à celle d'Israël, les caractères physiques et moraux d'une race. 2:511.

子「根本無異於《阿達莉》中利未人（Levites）所過的傳道生活」。⑤在這裡，拉辛指涉的是希伯來人裡面受命管理聖堂和聖殿的利未族後裔。艾絲忒與佛格貝所面對的是同一個問題。兩個人都要隱藏自己的身分（譯註：前者的猶太人身分，後者的同性戀身分），所以拿他們兩人作類比，雖然令人意外，但並不離譜。倒是拉辛的《阿達莉》與尼西姆・貝納爾的行為之間，卻不容易找到共同的背景。這齣悲劇講的是猶太女王阿達莉與猶太大宗師卓德（Joad）之間性命交關的衝突。阿達莉放棄了猶太信仰，並盡殺自己的後代，以示不再會有猶太人統治她的王國的決心。但她卻不知道有一個孫子保住了性命，養在猶太聖殿中。阿達莉前往聖殿參拜，留意到這孩子，儘管不認得，卻要他隨她進宮。但他並不聽任女王的支配，拒絕離開聖殿。最

---

⑤ 3:163. *la même existence ecclésiastique que les lévites dans Athalie. 2:632.*

後，猶太人終於反叛並殺死了阿達莉。

為了要把尼西姆‧貝納爾勾引年輕服務生的故事跟阿達莉的情節搭上線，普魯斯特移花接木，還真是下了不少工夫。年輕服務生的角色好比猶太男孩卓斯（Joas），但卻又不似卓斯那樣抗拒阿達莉並拒絕勾引，而是欣然應命。拉辛的台詞到了普魯斯特的手裡，本來無懈可擊，但又不像他借用自《艾絲忒》的句子，這裡卻完全偏離了原來的意思，產生一種扭曲，反而增添了極大的喜劇效果。

沒錯，尼西姆‧貝納爾先生與年輕服務生之間的年齡相差四十歲，本來應該可以保住後者不致做出這根本不可能同意的接觸，但對這些同質性的合唱隊，正如拉辛滿是智慧的觀察：

上帝呀，真不知是何等糟蹋

初發的蓓蕾冒這樣大的危險！

追尋祢的道路障礙重重

天真爛漫的靈魂無怨無悔。

儘管如此，長在巴爾貝克聖殿深宮的年輕服務生「不諳世事」，沒有接受卓德的規勸：

財富與黃金你都不放在心上。

他說：「世間遍布惡人。」或許只是一個藉口。但不管怎樣，尼西姆·貝納爾先生也並不指望這樣速戰速決，好歹也才第一天而已。

究竟是害怕愛撫，還是渴望，

他感覺到落在他身上的雙臂還帶著孩子氣。

到了第二天，尼西姆·貝納爾先生就帶年輕服務生出去了。

可怕的侵襲就此毀了他的天真爛漫。

從那一刻起，男孩的人生改變。他可能就只知道拿拿麵包拿拿鹽，因為他的主子在使喚他，但他的整張臉卻在唱著：

花朵相連，歡樂相銜

讓我們的慾望綿延

人生苦短，世事無常，

讓我們享樂趁早！

名聲與地位

無非盲目與聽話的獎賞。

至於天真爛漫徒留遺憾

誰會打抱不平呢？⑥

　　多麼不可思議呀，老色鬼引誘年輕小伙子初嚐第三性的歡樂，莊嚴肅穆的《阿達莉》居然配合演出，成了鬧劇的附件，這雖然不無褻瀆之嫌，但也不難看出普魯斯特對拉辛文本的

---

⑥ 3:225-26. *A vrai dire, les quarante années qui séparaient M. Nissim Bernard du jeune commis auraient dû préserver celui-ci d'un contact peu aimable. Mais, comme le dit Racine avec tant de sagesse dans les mêmes choeurs: Mon Dieu, qu'une vertu naissante,/Parmi tant de périls marche à pas incertains! Qu'une âme qui te cherche et veut être innocente, /Trouve d'obstacle à ses desseins. Le jeune commis avait eu beau être «loin du monde élevé», dans le Temple-Palace de Balbec, il n'avait pas suivi le conseil de Joad: Sur la richesse et l'or ne mets point ton appui. Il s'était peut-être fait une raison en disant: "Les pécheurs couvrent la terre." Quoi qu'il en fût, et bien que M. Nissim Bernard n'espérât pas un délai aussi court, dès*

滾瓜爛熟，才有可能這樣把一齣悲劇玩弄於股掌之間。正因為集兩個天才作家於一身，十七世紀劇作家的語言到了他的手裡彷彿就是他自己的，可以隨他自己的高興用到任何題材上。相同的才能，在《追憶》中，普魯斯特則給了敘述者的母親，使她能夠流轉如意地引用塞維涅夫人跟兒子抗衡，並用她自己的語言對他的習慣表達不滿。

在講到敘述者時，普魯斯特對《菲德爾》的討論顯示出，兩者的關聯性更超過了台詞的

le premier jour, Et soit frayeur encore ou pour le caresser,/De ses bras innocents il se sentit presser. Et dès le deuxième jour, M. Nissim Bernard promenant le commis, "l'abord contagieux altérait son innocence". Dès lors la vie du jeune enfant avait changé. Il avait beau porter le pain et le sel, comme son chef de rang le lui commandait, tout son visage chantait: De fleurs en fleurs, de plaisirs en plaisirs/promenons nos désirs./De nos ans passagers le nombre est incertain/Hâtonsnous aujourd'hui de jouir de la vie!/... L'honneur et les emplois/Sont le prix d'une aveugle et basse obéissance./Pour la triste innocence/ Qui voudrait élever la voix! 2:683-84. Some of the quotes from *Athalie* have been slightly altered by Proust.

引用。在《追憶》中，《菲德爾》及其女主人翁希臘公主菲德爾都佔有獨特的分量。第一次提到這位公主時，是拿她跟敘述者作類比，後者當時還是小孩，住在貢布雷，想到即將要和心愛的山楂樹分離，不免心煩意亂：「在我們要告別的早上，我把頭髮弄捲，準備面對照相師，並仔細把一頂新帽子在頭上安頓好，扣上天鵝絨外套；沒多久，到處找我的母親出現了，發現我站在棠松村（Tansonville）附近陡峭的小徑上，淚眼汪汪地跟我的山楂樹道別，兩臂緊緊糾纏住尖銳的枝枒，跟一齣悲劇裡裝飾累贅的公主一樣，白白浪費了人家費心費力為我打理出來的一頭鬈髮。」⑦這一段英文翻譯漏掉很多，對英文讀者來說，不太可能馬上想到還有菲德爾的名句天衣無縫地交織於其間："*Quelle importune main en formant tous ces noeuds a pris soin sur mon front d'assembler mes cheveux?*"（是哪隻討厭的手弄亂了我的頭髮？糾結的髮絲披散在我的臉龐）❶但

普魯斯特這種精巧的移花接木，還有別的例子。

　　《菲德爾》是敘述者成長過程中的主調之一，關係到他的初戀，希爾貝特・斯萬（Gilberte Swann），童年的玩伴，兩人常在香榭麗舍的一處小公園裡玩耍。但他父母卻不太常去斯萬家，因為斯萬夫人是風月場所出身，曾是大大有名的娼妓。因此，只有等到男孩子設法說服了父母，單獨受邀去斯萬家，兩個孩子才能在外頭見面。至於他說服父母的策略，其中一項就斯萬喜歡拉辛及大作家貝戈特，後者是小說中的虛構人物，也是斯萬家客廳裡的常客。看著這

---

⑦ 1:143. *Le matin du départ, comme on m'avait fait friser pour être photographié, coiffer avec précaution un chapeau que je n'avais encore jamais mis et revêtir une douillette de velours, après m'avoir cherché partout, ma mère me trouva en larmes dans le petit raidillon, contigu à Tansonville, en train de dire adieu aux aubépines, entourant de mes bras les branches piquantes, et, comme une princesse de tragédie à qui pèseraient ces vains ornements, ingrat envers l'importune main qui en formant tous ces noeuds avait pris soin sur mon front d'assembler mes cheveux, foulant aux pieds mes papillotes arrachées et mon chapeau neuf. 1:134.*

男孩子早熟，斯萬覺著好玩又歡喜，便私底下
邀他。事實上，敘述者這時候已經熟讀《菲德
爾》，同時也在最近貝戈特的閱讀中，初次領
略了《菲德爾》之美。這種文學品味的展現，
促使斯萬更進一步，不僅介紹他認識貝戈特，
而且要求大作家把一小卷論拉辛的書借給男孩，
還加上一句說，貝戈特是我女兒極要好的朋友。
敘述者「強烈感覺到，對他而言，能成為貝戈
特的朋友固然美好，卻似又遙不可及，因此，
一時間竟是渴望失望交集。」⑧他準備好要戀愛
了，當然，他做了。

後來，貝戈特那本小書是她帶去給敘述者
的。從此以後，書頁之美便與他對這年輕女子
的愛情合而為一。放假日，他們兩地相隔。為
了撫慰他的相思，母親請他去觀賞貝瑪（Ber-

---

⑧ 1:98. *J'éprouvai si vivement la douceur et l'impossibilité de devenir son ami, que je fus rempli à la fois de désir et de désespoir. 1:100.*

ma）演出的《菲德爾》。貝瑪是小說中的虛構人物，是斯萬及貝戈特都喜歡的著名女演員。他滿懷憧憬，熱烈期待，但可以想像得到，等到看完表演，反而大失所望。直到好些年之後，再次看了貝瑪在《菲德爾》中的演出，他這才瞭解到，還真多虧了她的藝術領悟力與細膩，才使拉辛的才氣得以流露無遺，同時他也才明白，真要能欣賞一個藝術家對一部熟悉的傑作做出的新詮釋，其實是很不容易的。「基於這一層道理，真正出色的作品，如果我們傾心去聽，失望一定也最強烈，因為在我們的觀念倉庫中居然沒有東西可以呼應我們的感覺。」⑨因此，敘述者新發現的這條審美法則，其根源乃是拉辛，更是在於《菲德爾》。也因為如此，普魯斯特再次告訴我們，讀一本應該讀的文學

⑨ 2:339. *Et à cause de cela ce sont les oeuvres vraiment belles, si elles sont sincèrement écoutées, qui doivent le plus nous décevoir, parce que, dans la collection de nos idées, il n'y en a aucune qui réponde à une impression individuelle. 2:60.*

作品，其實就是在讀自己。敘述者與阿爾貝蒂娜之間的關係面臨最後的危機時，也給了普魯斯特一次機會，將自己心裡真正的想法給點了出來：我們發現，在《失蹤的阿爾貝蒂娜》中，敘述者就是將自己看成菲德爾。

既然和阿爾貝蒂娜已經同床異夢，敘述者瞭解，她只不過是一個負擔而已，便打算跟她一刀兩斷。但出乎意料的是，反倒是她採取了主動，毫無預警地離開了他。當她的離去無可挽回時，敘述者才知道自己根本承受不了這打擊；有生以來第一次，他明白，自己反覆再三讀過的那些台詞，對他來說，其實早已是終生服膺的律則。這就是《菲德爾》，他對自己說。

菲德爾和繼子希波萊特（Hippolyte）發生不倫戀，把自己弄得精疲力竭。如果是她把他給甩了，兩人就此分道揚鑣，她還能夠接受。但就和敘述者及阿爾貝蒂娜一樣，決定離開的居然是對方，於是，猶如發狂一般，菲德爾把自

己的滿腔熱火盡情向他吐露，年輕人卻絲毫不為所動。這一來，她認定他定是有了別的女人。從此以後，因愛生恨，便死纏著他不放，可對他表示的關心，卻又棄如敝屣，兒子與情人，覺得兩皆不值。這種矛盾其實也是敘述者自己的人生寫照，對此，他是這樣說的：「有些事情在我們心裡，其根深柢固的程度，連我們自己都搞不清楚。有時候，因為害怕失落或痛苦，遲遲不敢去接納，日復一日，這些事情便彷彿不曾發生過一般。我每想到自己之放棄希爾貝特，情形便是如此……又有的時候，則是事情已經攬了下來，卻覺得是種負擔，雙方都避之唯恐不及；我和阿爾貝蒂娜之間的情形就是如此。明明是自己不想要的人，突然之間就此斷了，還是會令人難以承受，痛不欲生。」⑩當阿爾貝蒂娜提出要回來時，他拒絕了，心裡卻深信不疑，這表示她確實是愛自己的。她既然愛他，回不回來也就不要緊了。

菲德爾是愛情病（l'amour-maladie）的典型，敘述者受虐狂的愛情觀便是以此為基調，不僅為斯萬及聖盧的不幸埋下伏筆，同時也凸顯出，得不到回報的愛反而來得更為猛烈，妒火是可以焚身的。敘述者和希爾貝特的戀情之所以不快樂且沒有結果，其癥結就在於因愛生妒。在小說中，關於這一點，要等到敘述者瞭解到，自己深愛阿爾貝蒂娜並失去了她時才真正地加以探討過。普魯斯特絲毫不加掩飾的把筆下的敘述者打造得和菲德爾彷彿一個模子刻出來的，不得不令人懷疑，這根本就是在影射他自己。這樣的假設雖嫌大膽，但不可否認地，菲德爾

---

⑩ 4:40-41. *Il y a dans notre âme des choses auxquelles nous ne savons pas combien nous tenons. Ou bien si nous vivons sans elles, c'est parce que nous remettons de jour en jour, par peur d'échouer ou de souffrir, d'entrer en leur possession. C'est ce qui m'était arrivé pour Gilberte... Ou bien si la chose est en notre possession, nous croyons qu'elle nous est à charge, que nous nous en déferions volontiers; c'est ce qui m'était arrivé pour Albertine. Mais que par un départ l'être indifférent nous soit retiré, et nous ne pouvons plus vivre. 3:374.*

之痛不僅在於希波萊特對她的輕蔑，更在於她深信自己對他的感情是不道德的，是可恥的。普魯斯特是同性戀，對自己這方面的性認同，卻無法接受，遑論樂在其中。不可告人，羞恥，慚愧，壓得他喘不過氣來，不敢向父母親告白自己的同性戀傾向。他之嚮往那種「清白的」喜樂，一如菲德爾渴望希波萊特與她的情敵之間那種沒有罪惡的愛：

> 啊，他們隨時都可以
>
> 去見彼此。想歎氣就歎氣；
>
> 他們愛得沒有一絲罪惡感；
>
> 每天早晨的太陽為他們而朗照，
>
> 而我，一個見不得天日的人，

---

⑪ Racine, Phèdre, trans. R. B. Boswell. *Hélas! Ils se voyaient avec pleine licence./Le ciel de leurs soupirs approuvait l'innocence;/Ils suivaient sans remords leurs penchants amoureux;/Tous les jours se levaient clairs et sereins pour eux./ Et moi, triste rebut de la nature entière/Je me cachais au jour, je fuyais la lumière. Phèdre*, act 4, scene 6.

逃避朗朗乾坤，隱藏自己唯恐不及。⑪

可憐的王后，亂倫之戀的罪惡令她無地自容，
擔驚受怕之餘，不得不向職司地獄審判死者靈
魂的父親米諾斯（Minos）告白，斯情斯景，他
豈有不感同身受的道理？「拉辛一齣悲劇，其
間的真理勝過雨果所有劇作的總和。」⑫夏呂斯
男爵如是說。這句話，是替馬塞爾・普魯斯特
說的。

---

⑫ 2: 118. *Il y a plus de vérité dans une tragédie de Racine que
dans tous les drames de monsieur Victor Hugo. 1: 626.*

◆

第 6 部

龔固爾兄弟
The Goncourts

普魯斯特對拉辛——當然還有巴爾札克——的喜愛與瞭解，迥異於他對龔固爾兄弟的心態。對這兩個在創作上攜手合作的兄弟，依我看，普魯斯特看待他們的作品，多少帶著點諷刺。而這種諷刺，到了他人生的末年，就變成了尖銳的批判。在《追憶》裡，龔固爾兄弟的《日記》雖然不時現踪，但在普魯斯特的心目中，他們並不是藝術家，而是觀察家。他發現，只要將他們的作品與自己的並置，自己的文學追求也就憬然在目。

　　儒勒與艾德蒙·龔固爾（Jules and Edmond Concourt），堪稱一對怪胎。儘管相差八歲——哥哥愛德蒙生於一八二二年——在一八四八年他們的母親去世後，兩人便一同生活，直至儒勒辭世。這一整段期間，兩人只分開過一天。他們不僅同進同出，而且，不論書籍或是文章，從來都是兩人共同簽名。以藝術家作為人生的起步，他們旅行阿爾及爾（Algiers），帶回大疊

的素描與水彩，但很快就明白自己的才華不足以成事，便轉而追求文學，剛開始是從事記者工作，專攻藝術批評及戲劇評論，然後，書寫歷史、生物，介紹作家，寫小說。他們寫日記，而且始終不輟。兩兄弟在文學圈逐漸出名，便發起在巴黎馬格尼（Magny）餐廳舉行每月餐會，與當時知名的小說家福樓拜（Flaubert）、屠格涅夫（Turgenev）、左拉（Zola）、莫泊桑（Maupassant）、都德（Daudet），以及歷史家及哲學家諸如泰納（Taine）與勒南（Renan）定期聚會。儒勒去世後，艾德蒙獨自繼續此一活動。

在法國，艾德蒙與儒勒兄弟的小說並不怎麼風行，他們的《日記》（*Journal*）倒是頗受好評，但最足以讓他們名留青史的，則是他們創立了法國最重要的文學獎，龔固爾文學獎（Prix Concourt）。艾德蒙成立一項基金，紀念弟弟並鼓勵年輕有創意的作家，由十位作家組成龔固爾學院（Académie Concourt），每年頒獎一次。一

八七〇年儒勒去世後，艾德蒙繼續描寫當時的
文學與社會生活。一八八五年出版首輯《日
記》，引起許多作家抗議，包括左拉、雷南與
泰南都表明，如龔固爾兄弟之所為，引述餐飲
席間的談話片段，不僅不足為訓而且有違誠信。
艾德蒙因此縮手，並為謹慎起見，決定生前不
再出版整份文本。「在我所發表的日記中，舉
凡所述的事實，男男女女，生活中的所見所聞，
多是可喜之事——是人所歡喜的；但其間難免
有令人不愉快的地方——是人所不願的。」①
但不管怎麼說，一八九六年艾德蒙去世，他們
的《日記，文學生活回憶》（*Journal, a Memoir of
Literary Life*）出版時，果然掀起一陣好奇的閱

---

① My translation. *Dans un Journal comme celui que je publie, la
vérité absolue, sur les hommes et les femmes, rencontrés le
long de mon existence, se compose d'une vérité agréable—
dont on veut bien; mais presque toujours tempérée par une
vérité désagréable—dont on ne veut absolument pas.* Edmond
de Goncourt and Jules de Goncourt, *Journal*（Paris: Robert
Laffont, 1956），1: 132.

讀。他們流言蜚語的功力固然勢不可擋，在所謂文字風格的駕馭上，罕用字、古體字及新字新詞的大膽運用，以及矛盾語詞讓人意外的並列，更是令人刮目相看。遺囑中，艾德蒙授權龔固爾學院在他死後二十年出版全部作品，但事實上，其全集直到一九五六年才問世。

在《追憶》中，龔固爾兄弟所佔的地位別具一格。在小說中，他們不曾被引述過，雖然經常是奇聞軼事的來源，但又從來不曾被用來寫照人物的性格。不像普魯斯特喜愛的作家，他們也沒有成為他筆下的人物。而《日記》的出現，總是最不顯眼，有如一篇模擬之作，長達好幾頁，而且成為瞭解敘述者的關鍵，其一，是在他明白自己注定是個失敗的作家上，其二，則是在他後來下定決心要開始並完成自己的作品時。因此，龔固爾兄弟的重要性負面多於正面，他們之為用，是陪襯而非目標。

普魯斯特把龔固爾兄弟讀得極為透澈，不

僅吸收了他們獨特的風格，而且善於利用他們在書頁中呈現的精采材料。普魯斯特模仿才華超強，眼光鉅細靡遺，使他得以寫出〈論風格〉（à leur manière）這樣的宏文，任何時候只要他願意出手，或出之以模擬，併入《追憶》的最後一卷，或為敘述者父母的貢布雷朋友勒格朗丹先生（M. Legrandin）做最後的形象修飾，這位先生就是一個仿作的角色，話少而迷人，總是輕聲細語。講到借用，小說中最搞笑的談話有三處，都是直接取材自《日記》。第一處和斯萬的父親有關。老先生承認，妻子的死讓他萬念俱灰，但他每次只想念她很短的時間，他這其實偷用一個名女人的話，奧伯龍夫人（Mme Aubernon），一位大權威少風韻的女士，安納托·法朗士常去她的沙龍，據龔固爾兄弟透露，她思念過世的母親，非常想但很少想。第二個例子顯示，有一句話觸動了普魯斯特的靈感，但他換了個方式使用。龔固爾兄弟曾提到一位女

士，說電話是自有旋轉檯（les tables tournantes）以來最驚人的發明。旋轉檯者，放招魂板之檯子是也，號稱可以跟另外一個世界溝通，在當時極為盛行。普魯斯特有一個角色，其可笑猶有過之。在一場音樂會裡，「被表演者精湛的技巧弄得意亂神迷（一位伯爵夫人驚歎出聲），『真是驚人！這樣驚心動魄，我從未看過。』但為了慎重起見，她修正了自己先前的說法：『這樣驚心動魄……自有旋轉檯以來！』」②第三個搞笑之作——還真夠蠢的——是帕瑪公爵夫人（Princess of Parma）的侍女所提出的保證：街上撒鹽可以防止雪滑。龔固爾兄弟也講過同樣白癡的事情，是瑪蒂爾德·波拿巴公主（Princess Mathilde Bonaparte）一名隨從的口裡吐出

---

② 1: 344-45. *Emerveillée par la virtuosité des exécutants, la comtesse s'écria... "C'est prodigieux, je n'ai jamais rien vu d'aussi fort" Mais un scrupule d'exactitude lui faisant corriger cette première assertion, elle ajouta cette réserve: "Rien d'aussi fort ...depuis les tables tournantes." 1: 294.*

來的。這裡，我們又一次看到普魯斯特自己玩得開心，特別是因為——和玩巴爾札克一樣，全憑興之所致——真正能夠充分欣賞他手法的人並不多。還有一例，對人的描寫也可以激發普魯斯特的想像。帕瑪公爵夫人的身體表徵及穿衣服，在普魯斯特的筆下，無疑會令人想起《日記》中著墨甚多的法國皇帝的堂妹瑪蒂爾德·波拿巴公主。至於維爾度昂夫人，可以看到奧伯龍夫人的影子。還有維爾巴里西斯夫人（Mme de Villepar-isis），一個軼事典故多的人，則可能是從包蘭科特夫人（Mme de Beaulaincourt）那兒得到的靈感，「客廳飾以黃色絲綢，到處都是家人的畫像，中間她闢出一個清爽的空間，當作造花的工作間。」也是一個喜歡講述過往的人。在這裡，由於包蘭科特夫人還在世，普魯斯特在寫給朋友的信中說，他改變了一些細節，不使人認出她的原型來。❶真人是製作人造花的，小說中虛構的人物則是畫花的。但這些

都還只是小地方，真正重要的是兩兄弟與普魯斯特對純文學事物的判斷是有差異的。

據我們所知，普魯斯特對十七世紀文學浸淫甚深，十八世紀談得不多，對比較接近他時代的如巴爾札克、雨果及波特萊爾，則是既用心又熱愛。至於在世的藝術家及象徵派詩人，如馬拉美、安娜‧德‧諾阿伊（Anna de Noailles）及亨利‧德‧列尼葉（Henri de Régnier），從他的許多文章中，不難看出他對他們的欣賞及支持。但就龔固爾兄弟來說，十七世紀的大作家其實不過爾爾：「拉辛及高乃依者流，不過是把希臘、拉丁及西班牙戲劇翻成法文而已，從來不曾創作出自己的東西過。」③和他們同時代的作家也好不到哪裡去：「跟我同時代的，我全都

---

③ My translation. *Au fond, Racine et Corneille n'ont jamais été que des arrangeurs en vers de pièces grecques, latines, espagnoles. Par eux-mêmes, ils n'ont rien trouvé, rien inventé, rien créé.* Goncourt and Goncourt, *Journal*, 2: 904.

瞧不起。整個文學界——照最高標準來看——判斷都有問題，意見與良心都拋錨了，比較坦率的，比較敢飆的……全都被關係碾碎，被妥協軟化，世風懦弱，叛逆精神蕩然，很難不讓人感慨唯有成功才是美。」④此一論斷無關乎文學，是一種道德譴責，而且不細膩。對普魯斯特來說，文學與道德無關。

龔固爾兄弟不以細膩見長。他們的批評粗糙直接，完全異於普魯斯特分析風格的精確節制。他們不喜歡拉辛，甚至到了不理性的程度，他的作品連書房裡都不准擺，更常以戲謔的態度引用不堪的評論，重複泰奧菲爾·戈蒂耶（Théophile Gautier）所說過的話：「拉辛下筆有

---

④ My translation. *Je vomis mes contemporains. C'est dans le monde des lettres, et dans le plus haut, un aplatissement des jugements, un écroulement des opinions et des consciences. Les plus francs, les plus coléreux... au frottement des relations, au ramollissement des accommodements, dans l'air ambiant des lâchetés, perdent le sens de la révolte, et ont de la peine à ne pas trouver beau tout ce qui réussit. Ibid., 2: 70.*

如豬。」⑤卻不想想人家只是酒後的瘋話,是上不了檯面的。對於當時的社會人物,他們描寫誇張,以致想像多於真實。從沒有人說詹姆斯・德・羅斯柴爾(James de Rothschild)長得好看,但他真的是「生著一張鬼樣的臉,平到極點,醜到極點,容貌如蛙,兩眼充血,眼瞼如蛤,嘴若豬脣流涎」嗎?⑥如果信得過他們的話,那麼左拉夫人發起飆來時便是尖聲狂叫,有如「滿口髒話的漁婦,潑辣罵街」⑦,而左拉則生就一張猙猙狂吠的狗臉,作勢咬人。但普魯斯特很有可能也是從龔固爾兄弟得來的靈感,才把連篇粗話帶進了維爾度昂夫人沙龍充滿藝術氣息

---

⑤ My translation. *Racine faisait des vers comme un porc*. Quoted by Annick Bouillaguet, *Proust et les Goncourt*(Paris: Archives des lettres Modernes, 1996), 34.

⑥ My translation. *une monstrueuse figure, la plus plate, la plus basse et la plus épouvantable face batracienne, des yeux éraillés, des paupières en coquille, une bouche en tire-lire et comme baveuse.* Goncourt and Goncourt, Journal, 1:923.

⑦ My translation. *Une poissarde prête à vous engueuler.* Ibid., 3: 593.

的環境裡。她自己罵布里索（Brichot）下筆有如豬，但埃爾斯蒂爾（Elstir）描述一幅畫時：「真搞不懂他是用膠水、垃圾、肥皂、銅渣、陽光，還是用大便做的！」⑧用詞臭不可聞，她卻泰然自若。論到根本問題，譬如一個真藝術家的本質時，普魯斯特對待龔固爾兄弟就比較嚴厲，如果不是一九一九年得到龔固爾獎，對他剛冒出頭來的人氣大有助益，使他覺得有所虧欠，他可能還會更加不留情面——如他所開的玩笑，如果不是他家裡還有一尊艾德蒙·龔固爾的半身像——至少「也會在（不得不）跟他對話時，保持敬而遠之的態度」。⑨總之，對龔固爾兄弟，為了表現他的保留，普魯斯特訴諸模

---

⑧ 1:249. *One pourrait pas dire si c'est fait avec de la colle, avec du rubis, avec du savon, avec du bronze, avec du soleil, avec du caca.* 1:218.

⑨ Adriana Hunter's translation. *[Ce qui m'oblige] à beaucoup de respectueuse précaution quand j'ai à parler de lui.* Proust, Les Goncourt devant leurs cadets," in *Contre Sainte-Beuve* （1971），642.

仿。

　　對龔固爾的模仿出現在《追憶》的結尾，
作品的最後一卷，行文用的是《日記》模式。
以普魯斯特的習慣來說，對於日期，他總弄不
清楚，但情況卻是這樣：第一次世界大戰初期，
敘述者人在鄉下，和老朋友希爾貝特待在棠松
村她繼承自父親的房子裡。小時候，他和家人
在貢布雷散步，常會去那裡。這時候希爾貝特
已經和羅貝爾・聖盧結婚。聖盧是個騎兵軍官，
英勇異於常人，在前線服役。妻子卻不知道他
是同性戀。敘述者那時仍然眷戀著阿爾貝蒂娜
——儘管死了心——說穿了，無非是傲慢作
祟，總想要弄明白她到底是不是女同性戀。由
於希爾貝特從小就認識阿爾貝蒂娜，那一夜又
只有他和希爾貝特單獨相處，所以便逼問她阿
爾貝蒂娜的性偏好。最後，到了該睡覺的時間。
敘述者本來想把巴爾札克女同性戀的故事《金
眼的女孩》帶去看，但希爾貝特自己正好在讀，

於是把最近剛出版的龔固爾兄弟《日記》借他。躺在床上看書，正好讀到一段長文，寫的是維爾度昂夫婦及他們那一幫子人。紀事的年代很複雜，即使細心的讀者也難免搞混。普魯斯特的敘述者看書的時間，最有可能是一九一四年年底；仿作所描述的事情卻一直追溯到《追憶》第一卷《在斯萬家那邊》所涵蓋的時期，描繪了斯萬和奧黛特私通那段期間的維爾度昂沙龍，換句話說，應是一八七〇年普法戰爭之後不久，也可能是敘述者與希爾貝特出生的前十年。因此，不同於龔固爾兄弟，有關維爾度昂夫婦早年的種種，敘述者並不是親身經歷；他們的樣子，都是他從斯萬及其他長輩那兒聽來的。我們不難想像，普魯斯特的敘述者，當時已是中年，馬上就神遊於《日記》，回想起年幼時他認識或聽聞過的人。

龔固爾兄弟——或說得更正確一點，普魯斯特在仿作裡想像出來的龔固爾兄弟——對維

爾度昂夫婦的看法，十分不同於斯萬或二十年後的敘述者。在斯萬及敘述者的眼裡，維爾度昂先生這種丈夫角色無非就是為老婆付帳，把她打扮得光鮮亮麗；維爾度昂夫人則冷酷無情，殘忍起來不分青紅皂白，野心大得病態。但在小說中的龔固爾兄弟眼裡，維爾度昂先生卻是個敏感的藝術家，而維爾度昂夫人則是個迷人的女主人。差別如此之大，十分困擾敘述者，不禁懷疑起自己的能力，是不是連自己耳聞目睹的事情都說不清楚講、不明白。其結果則是一場微妙的鏡中遊戲。

敘述者還有東西要寫，卻又擔心自己沒有才華。同時，他寫的評論則顯示，對他來說，文學無關乎記述一個人的所見。在這裡，敘述者與普魯斯特再一次合而為一。龔固爾兄弟寫人，馬塞爾根本瞧不起，因為他感興趣的不是人們說了些什麼，「而是他們講事情的態度，以及因而洩露出來的個性及弱點」。⑩作家普魯

斯特寫信給他的編輯時就表達了完全相同的觀點，別人看到了些什麼，他根本懶得去寫。對龔固爾兄弟來說，單純的表面印象，亦即許多人的共同印象，或一次膚淺的談話——而非個人的深刻印象——都可以是文學的題材。但對普魯斯特的敘述者來說，藝術的題材完全不是這麼回事，描述的不應是一件事情、一次落日的表面；藝術之所在，「不在於題材的表象，而在於表象影響不到的深層」⑪，現實必須經過再造，不是把看到的寫下來就算了。藝術情感的本源需要經過反覆琢磨涵泳才能理解，不願意這樣做的人「已經過時無用，不解風情，簡直就像是藝術的在室男！他們受苦，但所受的苦，猶如處女及懶漢所受的苦，要多情種子才

---

⑩ 4: 287. *mais la manière dont ils le disaient, en tant qu'elle était révélatrice deleur caractère ou de leurs ridicules. 3:587.*

⑪ 4: 450. *Non dans l'apparence du sujet, mais à une profondeur où cette apparence[importe] peu. 3: 715.*

治得了」。⑫在小說裡面提到藝術的在室男，普魯斯特雖然沒有指名道姓，但誰都知道，講的就是未婚的龔固爾兄弟；在一篇紀念艾德蒙·德·龔固爾百年誕辰的文章裡，普魯斯特講得更明白：「每個人對社會、朋友及家庭的責任附屬於服務真理的責任，龔固爾先生如果能夠出於更廣、更深的認知尋求文字的真理，如果能夠創造更多活生生的人物，描寫他們的時候，不經意間，從遺落於記憶裡的草稿中帶出一些不同的、多樣的、互補的東西，定然能夠成就其偉大。可惜的是，捨此不為，他只是觀察，做筆記寫日記，那樣的作品，當不上一個偉大的藝術家、偉大的創作者。」⑬

很明顯地，普魯斯特對龔固爾兄弟的文學觀點十分不以為然。對拉斯金，他或許會厭煩，

---

⑫ 4:460. *vieillissent inutiles et insatisfaits, comme des célibataires de l'art. Ils ont les chagrins qu'ont les vierges et les paresseux, et que la fécondité dans le travail guérirait.* 3: 722.

對巴爾札克，他或許會批評，但他絕不會否認他們的作品充實了他自己的文學。至於龔固爾兄弟，那就另當別論了，他似乎從未認真把他們當作藝術家；但很顯然地，他迷他們的作品。《日記》的第一次出版並不光采，但引發熱烈討論，普魯斯特當時才十七歲，想來定是一頭就栽了進去，對裡面的奇聞軼事固然津津樂道，對其風格更是刮目相看，多次往復品味，讀得滾瓜爛熟，熟到一九〇八年出版的《費加洛》

（*Le Figaro*，譯註：本書為一系列的仿作，為普魯斯特模仿巴爾札克、福樓拜、聖伯甫等人的風格所寫的散

---

⑬ Adriana Hunter's translation. *Cette subordination de tous les devoirs, mondains, affectueux, familiaux, au devoir d'être le serviteur du vrai, aurait pu faire la grandeur de M. de Goncourt s'il avait pris le mot de vrai dans un sens plus profond et plus large, s'il avait créé plus d'êtres vivants dans la description desquels le carnet de croquis oublié dans la mémoire vous apporte sans qu'on le veuille un trait différent, extensif et complémentaire. Malheureusement au lieu de cela, il observait, prenait des notes, rédigeait un journal ce qui n'est pas d'un grand artiste, d'un créateur.* Proust, "Les Goncourts devant leurs cadets, " in *Contre Sainte-Beuve*（1971）, 642.

文），其中就有一篇是仿龔固爾兄弟的。同一年，他開始寫作《追憶》。龔固爾兄弟或許讓他警惕，哪些陷阱是一個真藝術家應該要避免的，諸如不知反覆琢磨涵泳，採取過分複雜瑣細的風格等，但也另有大用，他們不僅讓他認識了當代人物的言談，同時也讓他一窺十九世紀後半藝術家及社會名流別幟一格的用詞。他和龔固爾兄弟不屬於同一個世代，但在他深入探討斯萬、維爾度昂夫婦或敘述者的每個長輩時，他也就是在再造龔固爾兄弟的世界。這樣一來，就無異從他們那兒借來了許多建材，其幫助之大，令人意想不到。在小說裡，一個自命不凡的鄉下老太婆用了 talentueux（才氣洋溢）這個當時在字典上還查不到的字，而不是用比較常用的字，那就是因為他在龔固爾兄弟的書裡讀到這個字，覺得這情形用來說明某種累贅的品味還頗為傳神。同樣地，一個親戚用 drôlatique（滑稽可笑）這個字形容蓋爾芒特公爵夫人

的情形也是如此。普魯斯特有一個地方很了不起，那就是他的每個人物都有自己獨特的聲音。正因為每個人的言談自有風格，《日記》那座集奇特措辭於大成的水庫才尤見其可貴，普魯斯特垂釣其中，自是無限歡喜。

　　不像拉辛、波特萊爾或巴爾札克，龔固爾兄弟不曾引起普魯斯特內心的深層共鳴，但他激發了他的批判才能，充實了因為太年輕還無法明白的知識，並在此一過程中幫助他找到了自己的聲音。

第 7 部

◆

貝戈特：小說中的作家
Bergotte: The Writer in The Novel

我們已經知道，只要是普魯斯特覺得親近而又用心精讀過的作家，在《追憶》中都扮演了重要的角色。同樣地，小說中虛構的作家貝戈特也是如此。他，加上畫家埃爾斯蒂爾及音樂家凡德伊，組成了藝術三人組，成為普魯斯特美學探索的核心。凡德伊與埃爾斯蒂爾，尤其是後者，他都特別用力地描述過，倒是貝戈特的故事則著墨得比較少。在小說中，貝戈特的第一次出現並不是他本人，而是一個印在書背上的名字。敘述者聽了朋友布洛克的話，開始讀他，很快就迷上了。

　　貝戈特的書令敘述者愛不釋手，愛到「整個人沉浸於喜樂之中，覺得自己在書裡面體驗到了更深、更廣、更完整的自己，彷彿一切的障礙與藩籬都掃除殆盡」。①青澀年華的敘述者

---

① 1: 93. uune joie que je me sentis éprouver en une région plus profonde de moimême, plus unie, plus vaste, d'où les obstacles et les séparations semblaient avoir été enlevés. 1: 95.

意識到了一件不可思議的事情，由於貝戈特，他才在自以為瞭若指掌的日常事物及文字中發現了美：「有些事物，如松林、冰雹，或聖母院，或阿達莉、菲德爾，以前他始終無法體會其中的美，現在只要心念一動，意象升起，它們的美便充塞於胸臆之間。」②故事發展到這個階段，敘述者才開始夢想成為一個作家，但自己又還不太確定。這夢想到底有沒有價值？他真可以寫得出什麼東西嗎？但不管怎麼說，有的時候，自己心裡形成的念頭，或他想要說給母親或祖母聽的理想，在貝戈特那兒都可以找到回響，這給了他極大的鼓勵。他明白，儘管母親與祖母支持他的願望，父親卻反對他這個剛萌芽的志向，希望他將來進入外交界。貝戈特和自己之間這種心意的相通加強了他的信心，

---

② 1: 94. *Chaque fois qu'il parlait de quelque chose dont la beauté m'était restée jusque-là cachée, des forêts de pins, de la grêle, de Notre-Dame de Paris, d'Athalie ou de Phèdre, il faisait dans une image exploser cette beauté jusqu'à moi. 1:96.*

「想到他的書頁有如長久失散的父親的懷抱」
③，明白卑微的自己將與這個如神一般的藝術家
相結合，他不禁喜極而泣。

貝戈特的風格，「他充滿詩意與音樂性的
形式」④，他對美的追求，他的智慧，無不令人
傾倒，以致父親的上賓諾波伊斯（M. de Norpois）
在家庭宴會中輕蔑他時，令他大感困窘，一時
間竟然啞口無言，不知如何捍衛自己心目中的
偶像。

等到他長大了才瞭解，年輕如自己之所以
無法反駁諾波伊斯的論點，實在是因為自己腹
笥空空。諾波伊斯是個自命不凡的空心大老倌，
一點自己的想法也無，只會裝模作樣，身為資
深外交官，唯法國外交部的傳統是從，連個屁
都不敢隨便放。按照他的想法，文學之為物，

---

③ 1: 95. *je pleurai sur les pages de l'écrivain comme dans les bras
d'un père retrouvé.* 1:97.
④ 1: 533. *sa forme... si poétique et musicale.* 1: 462.

定要意氣風發，為國所用，為藝術而藝術云云（在他心目中的貝戈特者流）應該掃地出門，貝戈特居然會受到重視，他詛而咒之，說他根本就是在煽惑人心的吹笛者。

諾波伊斯批評貝戈特，徒然證明自己荒謬一如普魯斯特最最厭惡的聖伯甫，長篇大論攻擊之後，油腔滑調地說了一個他親身的故事作為結尾。事情發生在他駐節維也納擔任大使時。貝戈特旅行抵達，隨同一位並非他妻子的婦人，還大言不慚地說是受邀拜訪大使館。儘管有馮·麥特尼克公爵夫人（Princess von Metternich）的熱情引薦，諾波伊斯可不吃這一套，斷然拒絕接受這種見不得人的行為，並以此佐證他對貝戈特作品的批評絕非無的放矢。毫無疑問地，寫到這裡，普魯斯特是在捍衛自己的文學觀點，也是在捍衛安納托·法朗士，一個他早年喜歡的作家，風格與嗜好都類似小說中這個虛構的作家。法朗士自己就曾說過：「我吹的笛子，

有時候連我自己都覺得不好意思，不過我也不得不佩服自己，總要求自己，吹的雖是小曲，畢竟是要有些意思的。」⑤

過沒多久，斯萬邀請馬塞爾跟貝戈特一起吃飯，這一次，不再只是一個名字，而是一個真正的人現身了。對於這位天才作家，從他所寫的書，年輕的敘述者心裡早已有了一個形象。撇開諾波伊斯的連篇廢話不說，依他自己的想像，他應該是個衰弱的老人，沒有子女，沒人安慰，孤苦無依。哪裡知道，一見之下，居然還是個毛頭小伙子，粗線條，大近視，矮墩墩的一個人，掛一只蝸牛殼似的紅鼻子，蓄著山羊鬍子。⑥

交際的藝術家與創作的藝術家，普魯斯特

---

⑤ My translation. *A certaines heures, j'éprouve quelque honte à jouer de la flûte, encore que je puisse me rendre ce témoignage que je me suis efforcé de donner un sens à mes petites chansons.* Jean Levaillant, *"Notes sur le personnage de Bergotte,"* Revue des sciences humaines, January-March 1952, 43.

始終堅持兩者涇渭分明。照他的意思，藝術家唯有在作品中才能展現自己，言談與書信都是外在的，無法進到自己的內裡，真正重要的也唯此而已。對於這次首度接觸，敘述者不免失望，一則出於貝戈特的身材不符他的期望，再則因為他的言談實在乏善可陳。東西寫得那麼好，講起話來卻裝腔作勢、單調無趣。這種特質正是安納托·法朗士所特有，一個作家，寫了許多可喜的諷刺小說，交際起來卻乏味得要死。和普魯斯特筆下許多人物一樣，貝戈特的人格十分複雜，無法用單一個模型來概括（貝戈特〔Bergotte〕這個名字和 Bergson〔柏格森，譯註：法國大哲學家〕相近，出第一版時，排字工人就把 Bergotte 排成了 Bergson，而且沒有校對出來）。他的許多特質都讓人想起安納托·法朗

---

⑥ 1: 530. *un homme jeune, rude, petit, râblé et myope, à nez rouge en forme de coquille de colimaçon et à barbiche noire... 1: 460.*

士同時代的人，偏偏普魯斯特得寸進尺，還真把法朗士的句子移花接木到貝戈特的散文裡，⑦一副想要暗地裡調包的架勢。至於貝戈特對中古時代建築之瞭解，無可否認地，這是拉斯金的特質，而講話的音調死板，則有那麼一點皮埃爾‧洛蒂（Pierre Loti）的味道。

吃完午餐，貝戈特與敘述者一同離去，展開了一次冗長的交談：兩個人都喜歡拉辛，都討厭諾波伊斯，很快在彼此間建立了惺惺相惜的感情。過沒幾天，斯萬的女兒希爾貝特告訴馬塞爾，說貝戈特很喜歡他，說他「很聰明」。

隨著敘述者長大，繼續相交，兩人更為親近。他或許感到失望，藝術家老是急著跟社會人士、二流作家及新聞記者打成一片，過著看

---

⑦ "vain songe de la vie", "tourment stérile et délicieux de comprendre et d'aimer", "émouvantes effigies qui anoblissent à jamais la façade vénérable et charmante des cathédrales". *1:95,* pointed out by Tadié, *Marcel Proust,* 725.

起來十分無聊的生活，但年輕人很快就瞭解，造就偉大作家的並不是好過的日子，而是將組成生活的各種要素──無論其為何──轉化成其他東西的能力：「但說到才氣，乃至不世出的天才，與其說是靠優於其他人的才智及社會教養，不如說是靠將這些條件予以轉化及調整的能力……才氣云云，在於想像力的發揮，而不在於想像出來的是什麼東西上。」⑧

　　兩人長時間的交談，談書談戲劇，即使意見不一致，年長的也任他講，當他的聽眾，絕不高高在上擺架子，這樣一來，為敘述者建立了信心。同時，他也督促敘述者寫。貝戈特有許多地方十分不同於安納托・法朗士，最重要的差別是他完全不碰政治，反對法朗士在德雷

---

⑧ 1: 537. *Mais le génie, même le grand talent, vient moins d'éléments intellectuels et d'affinement social supérieurs à ceux d'autrui, que de la faculté de les transformer, de les transposer... le génie consistant dans le pouvoir réfléchissant et non dans la qualité intrinsèque du spectacle reflété. 1:466.*

福事件中的積極角色，倒是他與敘述者之間的關係充分地反映了普魯斯特與法朗士之間的關係。還在學校念書的時候，普魯斯特就十分喜歡法朗士，敘述者之於貝戈特也是如此。儘管他當時並不認識法朗士，但讀了一篇有關他作品的爛評論後，覺得不爽，便寫了一封信：「在這篇文章裡看到你這樣被人公然看輕，冒昧寫信給你，表達我內心對那文章的極端厭惡。」⑨之後，安納托‧法朗士鼓勵年輕的普魯斯特，並為他的散文集《歡樂與歲月》（*Les plaisirs et les jours*）寫序。但隨著心智與感情的成長，縱使他仍然繼續讀他的書，敘述者對貝戈特的作品卻失去了熱情。在真實的人生中，對法朗士的作品，普魯斯特的熱情也是隨著歲月淡去。然而，兩人的友誼卻持續，並因一同為德雷福奮戰而

---

⑨ My translation. *J'ai tant souffert de vous voir publiquement rapetissé dans cet article que j'ai pris la liberté de vous écrire quelle peine cruelle j'en ressentais.* Quoted by Chantal, *Marcel Proust, 1:198.*

強化，普魯斯特尤其感謝法朗士同意簽署陳情書，呼籲重審德雷福的軍事法庭審判，還特別送給他一幅魯本斯（Rubens）的小畫。但到後來，按照法朗士的說法，普魯斯特得了神經衰弱的毛病，纏綿病榻，他們就沒有再見面，而且法朗士對普魯斯特的東西也失去了興趣：「我試著去理解他，但沒成功。錯不在他，在我。」❶那時候，普魯斯特的崇拜也已冷了多年，但他一直記得法朗士對他的照顧，如同拉斯金的情形，他已經達到了某一個點，為了不要讓自己「淪為別人的影子」⑩，必須保持一個距離了。

站在敘述者的立場，普魯斯特指出，一兩年之後，他已經完全吸收了貝戈特的思想與風格，他作品裡面的東西再也引不起他的好奇。他習慣了貝戈特為他開啟的世界，忘記了那段對他仰之彌高望之彌堅的歲月，覺得自己應該

---

⑩ 4: 463. *réduit à n'être que la pleine conscience d'un autre.* 3: 724.

轉向其他作家另尋心智上的刺激了。為難的是，貝戈特提前衰老，百病纏身，愈來愈需要敘述者的陪伴與定期探視。不像他在沙龍裡跟仕女們交際還得花精神，和這個年輕朋友一耗好幾個鐘頭，無所事事，他反倒樂在其中。

如此這般，儘管敘述者對他講個沒完的生活瑣事不勝其煩，兩人的友誼卻越發茁壯。在這裡，我有一種感覺，作者對貝戈特的處理似乎有了變化：作者普魯斯特與虛構人物貝戈特之間的界線愈來愈模糊，特別是作者表現於作品中的敏感及他生活的醉生夢死之間所形成的這種強烈對比。以貝戈特來說，讀者看到的是，他人都快死了還勾引年輕女孩，並為自己的荒唐及敗德找藉口：「『在女孩子身上，我花了幾千幾百萬，但因此帶來的快樂及失望卻讓我寫了一本又一本書，讓我大賺其錢』……毫無疑問地，他發現，把黃金轉變成愛撫再把愛撫轉變成黃金，這遊戲還真是迷人。」⑪普魯斯特

也有類似的問題：他喜歡男人，但堅持不出櫃，這讓他過著一種雙重生活。有些朋友頂多知道這傢伙的感情細膩是出了名的，另有一些人則知道某某喜歡搞新花樣，不排斥異常的性活動。普魯斯特常上男妓院，而且是出了名的喜歡觀賞，偷窺某種活動。他決心不讓自己這方面的生活曝光，尤其怕自己名字會出現在警方這類案子的報告中。

現在我要轉到真實的普魯斯特，如我們所知，他絕不輕易透露自己的同性戀傾向，隨時保護自己的隱私。很明顯地，關於他的性傾向，甚至連他信任的編輯傑克斯・黎維耶（Jacques Rivière）都蒙在鼓裡。文學圈裡面普魯斯特唯一談過的人是伽里瑪（Gallimard）出版社的明星編

---

⑪ 3: 661. *Je dépense plus que des multimillionnaires pour des fillettes, mais les plaisirs et les déceptions qu'elles me donnent me font écrire un livre qui me rapporte de l'argent... sans doute trouvait-il quelque agrément à transmuter ainsi l'or en caresses et les caresses en or. 3:154.*

輯安德烈・紀德。一九二〇年代，普魯斯特是
這家出版社的暢銷作家，兩人的交往雖不親密
倒也熱絡。紀德常會在下半夜去跟普魯斯特聊
天。他們面對同樣的問題——關於自己的同性
戀，到底該保留多少？——但在應如何處理上
抱持不同態度。紀德雖然謹慎，但不同於普魯
斯特，他不諱言自己的嗜好，同時責備普魯斯
特矯情。無論如何這算不了什麼，紀德後來還
出版了《柯立敦》（Corydon）——論同性戀文
集——時間是一九二四年，而《索多瑪與蛾摩
拉》第一章一九二一年就出現了。

　　可以確定的是，普魯斯特一直都擔心他對
同性戀的態度會影響到讀者，但就算如此，以
下的這一段——表面上是在講貝戈特——實際
上，我認為是在寫照他自己的人生：「道德問
題也許只有在真正墮落的生活中才會以令人不
安的強度呈現。針對這個問題，藝術家提供了
一個解答，但無關乎他自己的人生，而是事關

他真正的生命，一個全面的、文學的解答。如同教會的高僧，儘管潔身自愛，卻往往從體驗全人類的罪惡入手，從這裡去修成正果，大藝術家亦然，雖然是敗德，卻往往是拿自己的墮落成全人類道德的崇高。」⑫只不知讀者讀到他這一段會不會感到噁心，進而下結論說，他的文學全都是謊言，他的多愁善感只是做戲而已。

從這裡起，普魯斯特就把貝戈特看成自己的鏡中倒影，進入了他自己創造的角色。所以說，為貝戈特設身處地設想的並不是敘述者，而是普魯斯特自己。高潮出現於《女囚》：貝

---

⑫ 1: 541. *Peut-être n'est-ce que dans des vies réellement vicieuses que le problème moral peut se poser avec toute sa force d'anxiété. Et à ce problème l'artiste donne une solution non pas dans le plan de sa vie individuelle, mais de ce qui est pour lui sa vraie vie, une solution générale, littéraire. Comme les grands docteurs de l'Église commencèrent souvent tout en étant bons par connaître les péchés de tous les hommes, et en tirèrent leur sainteté personnelle, souvent les grands artistes tout en étant mauvais se servent de leurs vices pour arriver à concevoir la règle morale de tous. 1:469.*

戈特生病，陷入斷斷續續昏睡，反反覆覆做著一些噩夢，「彷彿中風的前兆……隨時會要他的命」⑬，很少出門。其實這正是普魯斯特自己的情形，當時他剛開始寫《追憶》的第五卷，有點自暴自棄。因此，在描述貝戈特的死亡時才會出現不同尋常的打滑現象：上下文中間有些矛盾。敘述者還是小孩子的時候，貝戈特已經出名，這是我們都知道的，敘述者熱切地想要認識心目中的偉人，貝戈特送他薄薄一本論拉辛的小書就令他激動莫名。所以我們這樣設想似乎也很合理：在《女囚》接下來的篇章中——其中所述與前面幾卷所講到的貝戈特有所牴觸——普魯斯特心裡想的實際上是他自己，一個想要成為大作家還需要假以時日，一個還在拚命滿足編輯及大眾要求的人，偏偏這時候病入膏肓了：「一個作家往往在死後才出名，

---

⑬ 3: 662. *Une espèce de répétition... de l'attaque d'apoplexie qui allait l'emporter.* 3: 154.

這本不足為奇。當他一吋一吋接近死亡時，好歹還活著，還能看到自己的作品走向出名。一旦死了，至少就不再受名的牽絆，就算大名鼎鼎也止於墓碑而已，既已長眠，光榮何足掛齒。但對貝戈特來說，這一邊的事情還沒了，只要一口氣在，就夠他煩的。行動雖然困難，卻仍然四處走動，他的書就有如他的女兒，儘管疼愛有加，卻活蹦亂跳，青春洋溢，嬉戲喧鬧，令他招架不住，日復一日，引來成群的愛慕者來到床邊。」⑭

---

⑭ 2: 602. *Sans doute il arrive que c'est après sa mort seulement qu'un écrivain devient célèbre. Mais c'était en vie encore et durant son lent acheminement vers la mort non encore atteinte, qu'il assistait à celui de ses oeuvres vers la Renommée. Un auteur mort est du moins illustre sans fatigue. Le rayonnement de son nom s'arrête à la pierre de sa tombe. Dans la surdité du sommeil éternel, il n'est pas importuné par la Gloire. Mais pour Bergotte l'antithèse n'était pas entièrement achevée. Il existait encore assez pour souffrir du tumulte. Il remuait encore, bien que péniblement, tandis que ses oeuvres, bondissantes, comme des filles qu'on aime mais dont l'impétueuse jeunesse et les bruyants plaisirs vous fatiguent, entraînaient chaque jour jusqu'au pied de son lit des admirateurs nouveaux. 2:275.*

普魯斯特亂喝鴉片酒，差一點死掉，貝戈特和他的創造者如出一轍，不相信醫生，自己給自己開藥，嘗試多種麻醉藥物：「莫名其妙的昏睡和夢境，是不是（新藥）造成的，他心想……結果會是生病？狂喜？還是死亡？」⑮下面這段描寫文學大師病危的文字，前去探視普魯斯特的人一眼就認得出是在寫他自己：

　　貝戈特從不出門，即使爬下床，在屋裡待個把鐘頭，他也是圍巾毯子把自己包得嚴嚴實實的，活像一個即將走入嚴寒或要搭火車遠行的人。對於自己這副德性，他覺得很對不起少數幾個他同意讓他們突破門房來看他的人，指著自己的格子花呢和旅行毯調侃說：「不管怎麼說，哥兒們，生命，誠如安納瑟葛拉斯（Anaxagoras）所說，一趟旅行而已。」⑯

---

⑮ 3: 664. *Vers quels genres ignorés de sommeil, de rêves [le produit nouveau] va-t-il nous conduire ?... Nous mènera-t-il au malaise ? A la béatitude ? A la mort ? 3:156.*

到了普魯斯特要安排貝戈特之死的時候，他送貝戈特去看維梅爾（Vermeer，譯註：十七世紀荷蘭畫家，一生僅留下約四十張畫作）的畫展，到了現場，他中風了。奄奄一息躺在那兒，盯著一幅畫裡「黃色牆壁上的一塊小斑塊」直看，突然明白自己應該換個方式寫才對：「我的最後一本書太單薄了，應該多加幾層顏色在上面，和這面黃色牆上的小斑塊一樣。」⑰

　　事實上，這一段，普魯斯特是在寫他自己一九二一年五月的一段經歷。當時，他花了很大一番力氣去到巴黎網球場美術館（Jeu de Paume Museum），就是要去看這幅畫——〈台夫特風

<hr />

⑯ 3: 662. *Bergotte ne sortait plus de chez lui, et quand il se levait une heure dans sa chambre, c'était tout enveloppé de châles, de plaids, de tout ce dont on se couvre au moment de s'exposer à un grand froid ou de monter en chemin de fer. Il s'en excusait auprès des rares amis qu'il laissait pénétrer auprès de lui, et montrant ses tartans, ses couvertures, il disait gaiement : "Que voulez-vous, mon cher, Anaxagore l'a dit, la vie est un voyage." 3:154.*

景〉（*View of Delft*）——貝戈特倒下來的地方。
不同的是，普魯斯特只是驚嚇得產生了一陣暈
眩，由陪同他前往的朋友尚路易・佛德耶（Jean-
Louis Vaudoyer）扶著走出畫廊。回到家後，普魯
斯特跟他的管家瑟勒絲（Céleste）要《女囚》的
手稿，說「我得為貝戈特的死加些東西才行。」
如此這般，在那一段描寫貝戈特之死的極美文
字中，真正的作家和虛構的作家合一。當然，
普魯斯特的影子不只是出現在貝戈特身上而已，
在敘述者、敘述者的姑姑蕾奧妮耶、斯萬及其
他比較不重要角色的身上也都看得見。但依我
的淺見，貝戈特最為特別，因為，在普魯斯特
書中所有的角色裡面，只有他是不死的：

　　他死了。永遠死了？誰知道呢……（難道）沒有

---

⑰ 3: 665. *C'est ainsi que j'aurais dû écrire. Mes derniers livres sont trop secs, il aurait fallu passer quelques couches de couleur, rendre ma phrase en elle-même précieuse, comme ce petit pan de mur jaune. 3:156.*

一個和這個世界完全不一樣世界，我們為了來到這地上才離開它，或許再回去又活過來……因此，貝戈特並非永遠死了這種想法並非不可能……

人們埋了他，但那一整晚的哀悼，櫥窗燈亮著，他的書，三本三本地排列，如同展翅的天使守夜，對已經不存在的他，彷彿復活的象徵。⑱

⑱ 3: 665-66. *Il était mort. Mort à jamais? Qui peut le dire? [N'y a-t-il pas] un monde entièrement différent... dont nous sortons pour naître à cette terre, avant peut-être d'y retourner revivre... De sorte que l'idée que Bergotte n'était pas mort à jamais est sans invraisemblance. On l'enterra mais toute la nuit funèbre, aux vitrines éclairées, ses livres disposés trois par trois veillaient comme des anges aux ailes éployées et semblaient, pour celui qui n'était plus, le symbole de sa résurrection. 3:157.*

結語

　　同樣一本書，每個人讀起來，味道都不盡相同。但我相信，普魯斯特的作品不管是誰讀了，一定都會被他的風格之美及高度的原創性所吸引。他是長句子高手，文法精練，跟他的思路曲徑配合起來簡直天衣無縫。當然，他不適合快讀，但身為絕頂高手，什麼時候該歇口氣，什麼時候該搞笑輕鬆一下，在行文間製造驚奇、挑戰，讓新手激動到欲罷不能，他再清楚不過。普魯斯特製造了一個巨大交織的宇宙，由於其形式極其複雜，令人無法輕易窺其全貌，所幸其中散見星系——譬如蓋爾芒特家族、維爾度昂夫婦及敘述者家族——其間各種角色生動穿梭，既有趣、熱鬧又殘酷，引人入勝。同樣可以說，普魯斯特自己也活在這個複雜的文

學世界中。

　　學問淵博如普魯斯特，在作品中引經據典、含沙射影，或隱或顯，或暗示或明示，乃是極其自然之事。因此，深入其間，發掘此一滋養並豐富其風格的沖積層，對於欣賞他的藝術成就自是大有助益。我之所以致力揭露他小說中的底層基礎，原因在此。

　　小說到了結尾，大談貝戈特作品之永垂後世，之所以如此，依我所見，是因為普魯斯特相信，偉大的藝術作品可以不朽乃是他致力於創作不可或缺的內在動力。普魯斯特深知，無論愛情、友誼、成功或政治熱情，到頭來一切皆空。在他的筆下，所有這些追求都是短暫的，很快就被人世間的野心、嫉妒及自私啃食一空。我深深相信，若非他對天地之美及藝術的真諦深具信心，他可能早已經被絕望擊倒。他觀察花朵、河岸或變化不息的海洋，在其中找到喜樂，而這一切又必須落實於音樂，乃至繪畫

——維梅爾就象徵貝戈特臨死仍然遺憾自己未能達成的理想——以及最重要的，文學。過去的偉大作家，他不只是掛在嘴上，引述他們的句子而已，事實上，他已經吸收他們，將他們化作自己的一部分，參與自己的創作。如此一來，他們的作品也隨之流傳下來，但不是以那種呆板的紀念碑方式，而是透過普魯斯特出其不意的巧思，讓他們在不同的傑作中不斷地被人重新發現，重新詮釋。讀《追憶》最大的樂趣之一，就是解開過去豐富而多樣的屬性。

普魯斯特不僅把過去之美呈現出來，而且也為現代主義的時代做出了預備。其為天才，固然意氣風發，若不是站在那些巨人的肩上，又何能如此堂堂跨入二十世紀。

致謝

　　二〇一〇年歲末，珍聶特・華生・山格
（Jeannette Watson Sanger）提議我們碰個面，說她
想要在紐約社會圖書館（New York Society Li-
brary）辦一場有關普魯斯特的活動，希望和我聊
聊。我欣然赴約，就著一杯茶水，我們大玩腦
力激盪，但沒有一個點子令我們滿意。突然間，
珍聶特心血來潮說，普魯斯特與書，怎麼樣？
畢竟這活動是圖書館辦的。

　　我的演講發表於二〇一一年四月，之後，
曾經與我在別的普魯斯特活動中愉快合作過的
海倫・馬克思（Helen Marx）提議，把我的談話擴
大並出版。十分遺憾的是，她竟然沒能看到這
項計畫的完成。接下來，約拿旦・羅賓諾威茲
（Jonathan Rabinowitz）接手了我的初稿，等到另

類出版社（Other Press）發行人茱迪絲·古里維奇（Judith Gurewich）表示有興趣出版時，他又欣然同意換手。

感謝 Sophia Sherry 在初稿的準備上付出無盡的耐心與不苟的校訂；感謝 Marjorie DeWitt 與 Sulay Hernandez 對全文所做的無價評論；感謝 Yvonne E. Cárdenas 與 Iisha Stevens 的奉獻，使初稿得以成書。非常幸運的是，茱迪絲·古里維奇身兼發行人及編輯，她問題尖銳，建議中肯，使我對本書得到許多新的想法，並嚴格審視自己的某些觀點。對她，以及我先生 Louis Begley 的一讀再讀，三讀四讀，我致上無盡的感激。

全書註釋

第 *1* 部 第一印象與終生影響

❶ My translation. Proust, *Jean Santeuil*（Paris: Gallimard, 1952）, I:178-79.

❷ 魔燈者，現代幻燈投影機的前身，可以把靜止畫面投射到牆上。

❸ Saint-Simon, *Mémoires*（Paris: Gallimard, la Pléiade, 1987）, 7：399. 聖西門的意思是，我就是喜歡不甩法蘭西學院（Académie Française）的規矩。

❹ 吉妮維耶芙・史特勞斯（Geneviève Straus），作曲家弗洛孟薩・哈里維（Fromenthal Halévy）之女，喬治・比才（Georges Bizet）的遺孀，當時主持一家談知識談政治的沙龍。聰慧有才智，對於小說中主要人物蓋爾芒特公爵夫人一角，給普魯斯特提供了不少有趣的點子。

❺ François-René de Chateaubriand, *Mémoires d'Outre-tombe*（Paris: Gallimard, 1971）, 3:1, quoted by Proust in 4:488, 3: 744.

❻ My translation. Proust, *Lettres*, 320.

❼ Adriana Hunter's translation. Proust, *Carnets*, quoted by Bernard de Fallois in Proust, *Contre Sainte-Beuve* (Paris: Gallimard, 1954), Préface, 35.

❽ 《斯萬家那邊》曾經被伽里瑪出版社及另外兩家——Ollendorf 與 Fasquelle——拒絕,一九一二年,Grasset 同意出版,但由普魯斯特自費。後因第一次世界大戰爆發停止發行,Grasset 暫停營業,普魯斯特才將出版轉交伽里瑪。

❾ Marcel Proust to Robert de Billy, n.d., in Proust, *Letters of Marcel Proust*, 245.

第 2 部 異國的薰陶

❶ Quoted by Jean-Yves Tadié, *Marcel Proust: A Life*, trans. Evan Cameron (New York: Viking, 2000), 346.

❷ Richard Macksey, "'Conclusions' et 'Incitations': Proust à la recherche de Ruskin," MLN 96, No. 5 (December 1981): 113-119.

❸ Proust, *On Reading Ruskin: Prefaces to "La Bible d'Amiens" and "Sésame et les Lys,"* trans. and ed. Jean Autret, William Burford, and Phillip J. Wolfe (New Haven, CT: Yale University Press, 1987), xx.

❹ Ibid., 145-46.

❺ Adriana Hunter's translation. Proust, *Contre Sainte-Beuve*
（1971）, 104.

❻ My translation. Marcel Proust to Mme Mandrazo, quoted in
Tadié, *Proust et le roman* （Paris: Gallimard, 2003）, 95.

❼ Adriana Hunter's translation. Proust, *Contre Sainte-Beuve*
（1971）, 640.

❽ Marcel Proust to Robert de Billy, n.d., in *Letters of Marcel
Proust*, 245. For "admirable geometrical parallelism": Nouvel-
les Acquisitions Françaises （Bibliothèque Nationale, 16637
48r.）, quoted by Emily Eells, *Proust's Cup of Tea: Homoero-
ticism and Victorian Culture* （Surrey, UK: Ashgate, 2002）,
68.

❾ Carnet 1, Nouvelles Acquisitions Françaises （Bibliothèque
Nationale, 16637 35 r.）, quoted by Eells, *Proust's Cup of Tea*,
82-83.

❿ Quoted in A. S. Byatt's introduction to George Eliot, *The Mill
on the Floss* （New York: Penguin Classics, 2003）, xviii,
xxiv, xxxii.

⓫ *Jean Santeuil*, quoted in Eells, Proust's Cup of Tea, 85.

第 3 部 好讀者與壞讀者

❶ Corneille, *Horace*, act 1, scene 2: If you are not a Roman, be worthy of one.

❷ My translation. Lettre à Jacques Rivière, n.d., in Proust, *Marcel Proust et Jacques Rivière: Correspondance 1914-1922* （Paris: Plon, 1955）.

❸ 文學大獎為一全國性的比賽，每年舉行一次，參賽者為初級班（十一級班）及高級班（十二級班及畢業班）學生，包括普通高中、技術及職業中學所有學生。每班由老師挑選兩名學生參賽。

❹ 普魯斯特引用維尼的詩文作為《索多瑪與蛾摩拉》的題辭，並在描寫同性戀的 *Les deux sexes mourront chacun de leur côté* 裡引用過另一句。

❺ 德雷福事件為一政治及司法醜聞，於一八九〇年代及一九〇〇年代初期使法國一分為二。事件起因於一八九四年十二月德雷福上尉（Captain Alfred Dreyfus），猶太裔法國陸軍軍官，因出售法國軍事機密給德國駐巴黎大使館人員，被判叛國罪，處無期徒刑，流放法屬幾內亞魔鬼島（Devil's Island），單獨監禁長達五年。後經證明該項指控純屬無稽，德雷福確定無罪釋放。

第 4 部 同性戀讀者：夏呂斯男爵

❶ Cited without reference in Jacques Borel, *Proust et Balzac* （Paris: Corti, 1975）, 13.

❷ James McNeill Whistler, *Arrangement in Black and Gold: Comte Robert de Montesquiou-Fézensac* （1891）, the Frick Collection, New York City.

第 5 部 拉辛：第二種語言

❶ *Phèdre*, act 1, scene 3. "What efficious hand / Has tied these knots, and gather'd o'er my brow / These clustering coils?" Racine, *Phaedra*, trans. R. B. Bowell （Project Gutenberg eBook, 2008）.

第 6 部 龔固爾兄弟

❶ Marcel Proust to Robert de Montesquiou, n.d., in *Letters of Marcel Proust*, 437.

第 7 部 貝戈特：小說中的作家

❶ M. Le Goff, *Anatole France à la Béchellerie*（Albin Michel）, 331, quoted by Tadié, *Marcel Proust*, 725.

內容簡介

解開《追憶逝水年華》的創作密碼

　　卷帙浩繁的《追憶逝水年華》，計有七大卷、四千多頁、二百多萬字，共出現兩百多位人物，多達六十位作家坐鎮其間；過去、現在與未來交疊，主觀與客觀世界虛實交錯，交織出屬於普魯斯特的獨特宇宙，形式極其複雜，令人無法輕易窺探全貌。

　　學識淵博如普魯斯特，盡取古今各種藝術創作之精華，將他們化作自己的一部分，參與自己的創作。穿梭其間的真實作家、虛構角色、經典名著、對白情節、逸聞掌故，以及各種特殊指涉與隱晦象徵，是《追憶逝水年華》的迷人之處，也是最令人困惑之處。

　　作者 Anka Muhlstein 同樣為普魯斯特深深著迷，致力於掏洗其小說中的底層基礎，幫助讀者更容易親近其藝術成就。作者特別處理波特

萊爾與拉斯金對《追憶》一書的重大影響，並從中透析出拉辛與巴爾札克的成分，此外，還包括喬治・桑、聖西門、馬拉美、法朗士、杜斯妥也夫斯基、托爾斯泰及喬治・艾略特等大師及其著作，以深入淺出的筆法，輔以鉅細靡遺的理證及原汁原味的普氏幽默，解開普魯斯特的創作密碼，是入門《追憶》唯一且最佳的選擇。

作者簡介

安卡・穆斯坦 Anka Muhlstein

一九三五年生於巴黎。曾經出版維多利亞女王、詹姆斯・德・羅斯卻爾德（James de Roths-child）、卡維里爾・德・拉・賽爾（Cavalier de La Salle）及亞斯托菲・德・古斯廷（Astolphe de Custine）等人的傳記；專研 Catherine de Médicis、Marie de Médicis 及奧地利的 Anne；著有雙傳記《伊莉莎白一世及瑪麗・司圖亞特》（*Elizabeth I and*

Mary Stuart）及近作《巴爾札克的蛋餅》（*Balzac's Omelette*）。分別因傳記獲得法蘭西學院獎及龔固爾獎。

譯者簡介

鄧伯宸

成功大學外文系畢業，曾任報社翻譯、主筆、副總編輯、總經理，獲中國時報文學獎附設胡適百歲誕辰紀念徵文優等獎。

譯作有《影子大地》、《孤獨的聆賞者》、《族群》、《綠色全球宣言》、《邱吉爾的黑狗》、《換一種角度看美》、《舊歐洲、新歐洲、核心歐洲》、《生活之道》、《男子氣概》、《德蕾莎修女教我的事》、《哭泣的橄欖樹》、《塔利班與女裁縫》、《印度 美麗與詛咒》、《慢·慢·慢》（以上皆由立緒文化出版）。

國家圖書館出版品預行編目 (CIP) 資料

普魯斯特的個人書房 / 安卡·穆斯坦 (Anka Muhlstein) 著；鄧伯宸譯
. -- 二版. -- 新北市：立緒文化，民 109.05
　面；　公分 . -- (新世紀叢書)
譯自：Monsieur Proust's library
ISBN 978-986-360-155-5(平裝)

1. 巴爾札克 (Balzac, Honoré de , 1799-1850)　2. 文學評論　3. 飲食

876.57　　　　　　　　　　　　　　　　　　　　109005334

普魯斯特的個人書房
Monsieur Proust's Library

出版——立緒文化事業有限公司（於中華民國 84 年元月由郝碧蓮、鍾惠民創辦）
作者——安卡·穆斯坦（Anka Muhlstein）
譯者——鄧伯宸

發行人——郝碧蓮
顧問——鍾惠民

地址——新北市新店區中央六街 62 號 1 樓
電話—— (02) 2219-2173
傳真—— (02) 2219-4998
E-mail Address —— service@ncp.com.tw
劃撥帳號—— 1839142-0 號 立緒文化事業有限公司帳戶
行政院新聞局局版臺業字第 6426 號

總經銷——大和書報圖書股份有限公司
電話—— (02) 8990-2588
傳真—— (02) 2290-1658
地址——新北市新莊區五工五路 2 號
排版——伊甸社會福利基金會附設電腦排版
印刷——祥新印刷股份有限公司

法律顧問——敦旭法律事務所吳展旭律師
版權所有 · 翻印必究
分類號碼—— 876.57
ISBN —— 978-986-360-155-5
出版日期——中華民國 102 年 2 月初版 一刷（1 ～ 2,500）
　　　　　中華民國 109 年 5 月二版（初版更換封面）

定價◎ 280 元（平裝）　立緒